長編時代小説

巨《きょ》魁《かい》

闇の用心棒

鳥羽　亮

祥伝社文庫

祥伝社文庫

補充注文カード

帳合・書店名

定価
630円
(税5%)

売上カード

祥伝社

東京都千代田区神田神保町3-6-5
〒101-8701 TEL(03)3265-2081 FAX(03)3265-9786(販売)

祥伝社文庫

巨《きょ》魁《かい》 闇の用心棒

著者 鳥羽亮

定価630円 本体600円 5%

BBBN4-396-33386-2 C0193 ¥600E

目次

第一章　朴念《ぼくねん》

1

　掘割の水面を渡ってきた風が、生い茂った夏草を揺らしていた。風のなかには木の香りと潮の匂《にお》いがある。七ツ（午後四時）ごろだった。陽が西の空にまわり、掘割の水面を淡い茜《あかね》色に染めている。

　深川吉永町《ふかがわよしなが》。そこは掘割と木場の多い地で、貯木場や木挽《こびき》職人が働く材木屋などが目につき、木の香りがただよっていた。また、江戸湊《みなと》がちかく、風向きによって潮の匂いがするのである。

　掘割にかかる要橋《かなめばし》の上を、棒縞《ぼうじま》の単衣《ひとえ》を裾高に尻《しり》っ端折《ぱしょ》りした三十がらみの男が歩いていた。色の浅黒い、顎《あご》のとがった男だった。深川を縄張《しま》にしている岡っ引きの造七《ぞうしち》である。造七は要橋の上で足をとめ、掘割の先にひろがっている空地に目をやった。茫々《ぼうぼう》と夏草が茂っている。その空地の一町ほど先の寂《さび》しい地に、一膳めし屋があった。

「あれが、極楽屋《ごくらくや》かい。あんなところで、よく商売ができるな」

そうつぶやき、造七はまた橋を渡り始めた。造七は極楽屋の名は知っていたが、来るのは初めてだった。

辺りに人影はなく、どうしてこんな場所に一膳めし屋があるのかとだれもが訝《いぶか》しがるような寂しい地である。

店先に縄暖簾《なわのれん》を出しただけの殺風景な店だが、極楽屋の屋号はあるじの島蔵《しまぞう》が洒落《しやれ》でつけたのである。

造七は極楽屋の店先で、足をとめた。表の腰高障子はしまっていたが、なかからくぐもったような男の濁声《だみごえ》、下卑《げび》た笑い声、瀬戸物の触れ合う音などが聞こえてきた。

何人か、客がいるらしい。

「ごめんよ」

造七は縄暖簾を分けて、腰高障子をあけた。

店のなかは薄暗かった。澱《よど》んだような薄闇のなかに、莨《たばこ》の煙と温気《うんき》、それに煮物の臭いと饐《す》えたような汗の臭いが充満していた。

数人の男たちが、飯台のまわりに置かれた空樽に腰掛けて酒を飲んでいた。赤銅《しやくどう》色の肌をした半裸の男、髭《ひげ》もじゃの男、肩口から入墨《いれずみ》がのぞいている男、隻腕《せきわん》の男。いずれも一癖も二癖もありそうな連中である。

　土地の者は、極楽屋のことをひそかに地獄屋とか地獄宿と呼んで恐れ、あまり近付かなかった。それというのも、無宿人、入墨者、地まわりなどが、いつも入り浸《びた》っていたからである。

　造七が店内に足を踏み入れると、男たちの声や笑いがやみ、いっせいに視線が造七にそそがれた。

「そう、怖《こわ》い目で見るな。取って食ゃァしねえよ」

　造七は苦笑いを浮かべながら隅の飯台に腰を落とすと、

「あるじの島蔵いるかい」

　と、近くの飯台にいた頰《ほお》に刀傷のある男に声をかけた。

　声をかけられた男は、留吉《とめきち》という無宿人だった。

「おめえさんは」

　留吉が造七を睨《にら》みつけながら訊《き》いた。

「御用聞きの造七だよ」

　造七がそう言うと、留吉の顔がこわばった。居合わせた男たちも緊張した面持ちで、造七を見つめている。岡っ引きが袖の下をせびりに顔を見せるような店ではなかったのだ。

「なに、てえした用じゃァねえんだ。ちょいと、あるじの顔を拝《おが》みに来ただけよ」

造七が、その場の緊張をはぐらかすように言った。

「待ってな」

諸肌脱ぎで飲んでいた巨漢の男が、立ち上がった。肌が陽に灼《や》けて赭黒《あかぐろ》くひかっている。この男は忠三郎《ちゅうざぶろう》という日傭取《ひようと》りだった。

忠三郎が板場に入っていっときすると、でっぷり太った赤ら顔の男が前だれで濡れた手を拭きながら出てきた。ギョロリとした牛のように大きな目をしていた。あるじの島蔵である。

「これはこれは、親分さん」

島蔵は満面に愛想《あいそ》笑いを浮かべ、腰をかがめながら造七のそばに来た。

「島蔵かい」

造七が口元にうす笑いを浮かべて訊いた。

「へい、島蔵でございます」

「いい店だな。なかなか繁盛してるようじゃァねえか」

造七は店内の男たちに目をやりながら言った。

「とんでもねえ。見たとおり、つぶれかかったような店でしてね。……それで、ご用の筋は？」

島蔵が小声で訊いた。

「それがな。ちと、厄介《やっかい》なことになってるのよ」

造七が顔をしかめた。

「厄介といいますと」

「入船町《いりふね》でこそ泥をお縄にしたんだが、つまらねえことをしゃべってな」

「何をしゃべったんです？」

「そいつが、吉永町の極楽屋で皿を一枚くすねたと言うんだ。皿一枚でも、聞き捨てにするわけにもいかねえし、そうかと言って引合《ひきあい》を付けるのも、お互い面倒だ」

そう言って、造七は島蔵に目をむけた。

「へえ、そりゃアもう……」

島蔵は造七の魂胆が分かった。

引合を抜いてやるから金を出せ、と言っているのである。

盗人が、盗んだと口にすると、どんな安価な物でもひとつひとつ調べ上げ、盗まれた者を呼び出して確認する。これを引合を付けるというが、下手をすると草鞋《わらじ》一足でも白洲に呼び出されかねない。それも、町役人や家主にまで頼んで同行してもらわなければならないので、暇《ひま》と金がかかる。こうなると、盗まれた者は大変なので、安価な物なら岡っ引きや同心に頼んで盗まれなかったことにしてもらうのである。これを「引合を抜く」と言って、相応の礼をしなければならない。それが、岡っ引きや同心にとっては、いい収入になったのである。

——みんな、こいつの作り話だ。

と、島蔵はすぐに見抜いた。

入船町で捕縛した盗人が、極楽屋から皿をくすねたなどという話は嘘なのだ。造七が勝手に作った話にちがいない。その証拠に、造七は盗人の名も皿をくすねた日も口にしなかった。

「八丁堀《はっちょうぼり》の旦那にも、目こぼししてもらわなけりゃァならねえし……」

そう言って、造七は島蔵の腹の内を探るような目をして見た。

「旦那、ちょいと、お待ちを」

島蔵は首をすくめるようにして頭を下げると、いそいで板場へもどった。金を取りにいったのである。

いそいで豆板銀や一朱銀などを掻《か》き集めて一両ほどそろえると、紙にくるんで造七のそばにもどった。一両もあれば、おとなしく帰るだろうと踏んだのである。

島蔵は腹の内で、この強欲野郎め、と思ったがおくびにも出さず、

「これで、何とか」

と言って、愛想笑いを浮かべながら造七の脇の飯台の上にお捻《ひね》りを置いた。

「そうかい、おめえがそう言うんじゃァ抜いておいてやるよ」

造七はお捻りをつかむと、手触りで中身を確かめているようだったが、満足したらしくうす笑いを浮かべて袖の下に落として立ち上がった。

「また、来るぜ」

そう言い残し、造七が戸口の方へ歩き出した。

そのとき、店の隅でガタッと音がした。奥の飯台にいた清次《せいじ》が立ち上がった拍子に、空樽が倒れたらしい。清次は血相を変えていた。激しい憎悪に顔が蒼ざめ、目がつり上がっている。

清次はふところに手をつっ込み、造七の背を睨《にら》みながら戸口の方へ出てきた。ふところには匕首《あいくち》を呑んでいるようだ。

──馬鹿が。こんなことで岡っ引きにつっかかってたら、命がいくらあっても足り

ねえよ。

島蔵は慌《あわ》てて清次の前に立ち、両腕をひろげて清次の足をとめた。

ちょうど、造七は縄暖簾を分けて店の外へ出ようとしていた。造七は背後の物音に気付いて振り返ったが、島蔵が清次を後ろに隠したまま笑みを浮かべて頭を下げると、造七はちいさくうなずいて店から出ていった。

「あの野郎！　殺してやる」

清次が声を震わせて言った。

「清次、けちな野郎を相手にすんじゃァねえ」

島蔵が低い凄味《すごみ》のある声で言った。

店に居合わせた男たちも立ち上がり、清次の後ろに集まって憎悪の顔を戸口にむけていた。

2

安田平兵衛《やすだへいべえ》は長屋の仕事場で刀を研《と》いでいた。平兵衛は刀の研ぎ師だった。手にしているのは、本所石原町《ほんじょいしはらちょう》に住む二百石の旗本、長谷川栄之助《はせがわえいのすけ》から研ぎを依頼された石《いし》堂是一《どうこれかず》の鍛刀だった。

石堂是一は備前伝《びぜんでん》の名工として知られ、江戸に住んで代々石堂是一の名を継いでいる。ただ、平兵衛には手にしている刀が、はたして石堂是一の鍛えた刀であるかどうかは分からなかった。無名の研ぎ師である平兵衛のところに、高価な名刀の研ぎの依頼など滅多にこないので、これまで話には聞いていたが、石堂是一の刀を実際に目にしたことがなかったのだ。

――まァ、まちがいあるまい。

話に聞いているとおり、刀身は石堂派の特徴をそなえていた。地鉄《じがね》は黒味を帯びて澄《す》み、刃文は丁子《ちょうじ》の花に似ていることからそう呼ばれている丁子乱れである。

それに、長谷川家の用人が持参したおり、白鞘《しらさや》の刀を剣袋からうやうやしく取り出し、

「これは先々代が上さまより賜《たまわ》った長谷川家の家宝、くれぐれも落ち度のないよう研いでくだされよ」

と、慇懃《いんぎん》な口調で言い置いて帰ったのである。そのことから推《お》しても、是一の鍛刀とみていいだろう。

家宝にしては長年放置されたらしく、刀身にうすく錆《さび》が浮いていた。おそらく、こ

のままでは家宝の刀が腐食してしまうと思い、慌てて研ぎを頼みに来たにちがいない。

平兵衛は研ぎ師としては無名だった。しかも、長屋の貧乏暮らしである。そんな平兵衛の許へ依頼に来たのだから、当主の長谷川が刀に関心がないか、内証がよほど苦しいかであろう。

平兵衛は左足で踏《ふ》まえ木《ぎ》を踏み、研《と》ぎ桶《おけ》から水をすくって砥石《といし》に垂《た》らすと、刀身を砥面に当ててゆっくりと手を動かした。

いつもより力を抜き、慎重に刀身を押していく。すこしずつ錆が落ち、刀身の持つ澄んだ地肌が顔を出してくる。

小半刻（三十分）ほど研いだときだった。腰高障子の向こうで、男の昂《たかぶ》った声が聞こえた。同じ長屋に住むぼてふりの重吉《じゅうきち》である。……殺されている、岡っ引きの信吉《しんきち》、大川端《おおかわばた》、などという声が障子越しに聞こえてきた。

平兵衛は気になって、手にした刀を置いて障子のむこうに耳をかたむけた。何人か重吉のまわりに長屋の住人が集まっているらしく、男の声のなかに女房連中の声も混じっていた。

どうやら、本所横網《よこあみ》町の大川端で岡っ引きの信吉が殺されているらしい。重吉はぼてふりの商売の途中で横網町を通り、現場を目撃して長屋にことの次第を知らせるためにもどってきたのだろう。

平兵衛の住む庄助《しようすけ》長屋は本所相生《あいおい》町にあり、横網町からは近かった。それにしても、お節介な男である。商売をさて置いて、わざわざ知らせにもどることもないだろうに。

「父上、信吉さんという御用聞きが殺されたようですよ」

土間の流し場で、朝餉《あさげ》の膳を片付けていたまゆみが言った。

まゆみは十七になる平兵衛のひとり娘である。長屋暮らしだが、まゆみは幼いころから武家の娘として育てられたため、言葉遣いは武家ふうである。

「そうらしいな」

平兵衛は立ち上がると、屏風《びようぶ》を脇にずらして座敷へ出た。

平兵衛の仕事場は、八畳の部屋の三畳だけを板敷きにして屏風でかこったものである。一間を暮らしの場と仕事場に使っているのだが、それほど狭いとは感じなかった。十年ほど前、女房のおよしが流行病《はやりやまい》で死んでから父と娘のふたり暮らしだったからである。

「様子を見てくるかな」

平兵衛は、岡っ引きの信吉が殺されたことが気になった。

信吉は本所を縄張にする岡っ引きだった。歳は三十がらみ、色の浅黒い剽悍《ひょうかん》そうな顔をした男である。信吉は岡っ引きとしてはめずらしく、近隣の住人に好かれていた。無理に袖の下を求めなかったし、人の弱みに付け込んで金をせびったりしなかったからである。それに、探索の腕もいいと評判だった。

その信吉が殺されたというのだ。だれが、何のために殺したのか。平兵衛でなくとも気になるところである。

「今日は、陽射しが強いから、木陰にいるようにしてくださいね」

まゆみはそう言って、平兵衛を送りだした。

ちかごろ、まゆみは女房のような口をきくことがある。炊事洗濯を引き受けて、家を切り盛りしているせいかもしれない。

——早く、嫁にやらねばな。

そうつぶやいたが、平兵衛の胸の内は複雑だった。早く相応《ふさわ》しい相手に嫁《とつ》いでもらいたいが、一方には一人娘を手放したくない気持ちもあるのだ。

夏の陽射しは強かった。ムッとするような暑熱が、平兵衛の体をつつみ込む。四ツ(午前十時)ごろであろうか。くっきりとした影が足元に落ちていた。

その影を曳《ひ》きながら、平兵衛はとぼとぼと歩いた。仕事着にしている紺の筒袖にかるさんで、無腰だった。すこし背のまがった姿は、頼りなげな老爺《ろうや》に見える。平兵衛は表向き刀の研ぎ師だったが、殺し人という裏の顔を持っていた。しかも、闇の世界では人斬り平兵衛と恐れられている凄腕の殺し人なのだ。

老いて頼りなげな平兵衛の姿からは、殺し人の裏の顔は想像すらできないだろう。

平兵衛が井戸端まで来たとき、長屋の女房と話していた平助《へいすけ》という居職《いじょく》の指物師《さしものし》が、

「おや、旦那も横網町へ」

と、目を剝《む》いて訊いた。三十代半ば、ひどく瘦《や》せていて頭蓋骨《ずがいこつ》に皮を張り付けたような顔をしている。

「いや、近くに用があってな。ついでに、覗《のぞ》いてみようかと」

平兵衛は口を濁した。

「それじゃァ、あっしも」

平助が跳ぶような足取りで、平兵衛の後を跟《つ》いてきた。

「霍乱《かくらん》（日射病）にでもならないように、気をつけなよ」

井戸端で洗濯をしていた女房のひとりが声をかけた。

女房はつづいて隣で洗濯をしていた別の女房に話しかけ、ふたりしてはじけるような笑い声を上げた。平助のことで、何か剽《ひょう》げたことでも言ったらしい。

女房たちの笑い声に送られて路地木戸を出たところで、平兵衛が、

「平助、仕事はどうした」

と、訊いた。平助は居職なので長屋にいても不思議はないが、井戸端にいたのが気になったのである。

「ヘッへへ……。信吉親分が殺《や》られたって聞きやしてね。ちょいと、暇《ひま》潰しに覗いてこようと思って、だれか連れはいねえかと井戸端で待ってたところへ、旦那が顔を出したってわけなんで」

「そうか」

「旦那も、あっしと同じなんでがしょう」

「まァ、そうだ」

平兵衛はすこし足を速めた。なぜか、平助と肩を並べて歩きたくなかった。わしは暇潰しに殺しの現場を見に行くのではない、と思いたかったのかもしれない。

3

「旦那、あそこですぜ」

平助が指差した。

見ると、大川端に人垣ができている。通りすがりの行商人やぼてふり、それに近所の住人たちらしい。女子供も混じっていた。見慣れた顔もある。庄助長屋の男たちである。重吉から話を聞いて駆け付けたのだろう。

そこは道際からなだらかな土手になっていて、大川の岸辺まで芒《すすき》や葦《あし》が群生していた。その雑草のなかに、数人の男たちが立っていた。町方らしい。八丁堀同心の姿もあった。黄八丈《きはちじよう》の単衣《ひとえ》を着流し、絽羽織《ろばおり》の裾を帯に挟んだ巻羽織と呼ばれる八丁堀ふうの格好をしているので、遠目にもすぐそれと知れるのだ。

三十代半ばであろうか。痩身《そうしん》で、肉を削《そ》ぎ落としたように頬がこけていた。射竦《いすく》めるようなするどい眼光をしている。

「北町奉行所《きたまちぶぎようしよ》の風間《かざま》さまですぜ」

平助が小声で言った。

定廻り同心の風間粂次郎《くめじろう》である。平兵衛も風間のことは知っていた。もっとも話をしたことはなかった。噂を耳にし、巡視のおりの顔を見たことがある程度である。風間の評判はあまりよくなかった。袖の下の多少で差別し、吟味《ぎんみ》も残酷で平気で拷《ごう》問《もん》をするという。

平兵衛と平助は人垣の後ろについて、肩越しに覗いてみた。風間の足元に死体が横たわっているらしいが、叢《くさむら》のなかにつっ伏しているため、背中が覗いているだけで顔も傷跡も見えなかった。

「旦那、風間さまの脇にいる顎のとがった男が、岡っ引きの造七ですぜ」

平助がささやいた。

「そのようだな」

平兵衛は造七のことを知っていた。

造七は深川を縄張にしている岡っ引きだが、相生町にもときおり顔を出していた。造七は袖の下を執拗《しつよう》に要求したり、つまらないことで言いがかりをつけて商家から金をせびったりするので風間と同じように評判は悪かった。

人垣のなかに立っていると、事件についての様々な会話が耳に入ってきた。それによると、通りかかった船頭が死体に気付き、近くの番屋に知らせて町方が集まったらしい。横たわっている信吉の体には、盆《ぼん》の窪《くぼ》に何か尖《とが》った物で刺されたような傷があるという。下手人が遣った武器《えもの》は刀や匕首などの刃物ではないようだ。

――傷を見てみたい。

平兵衛は、信吉を仕留めた武器が何なのか知りたいと思った。武器によって、ある程度下手人が限定できるのだ。

「すまないが、すこし間をあけてくれ」

平兵衛は、前に立っている職人ふうの男ふたりの間に割り込んで前に出た。

人垣の先頭まで出ると、風間の足元に伏臥《ふくが》している男の姿が見えた。首まわりと背中にかけてどす黒い血に染まっている。盆の窪にちいさな穴のような傷があり、そこから出血したようだ。他に血の痕《あと》はないので、傷はそこだけらしい。

――武器は何であろう。

平兵衛は思いつかなかった。刀や匕首による斬り傷ではない。刺し傷だが、穴のような傷で、それほど深くないようだ。刀や匕首ではなく槍のような物だろうが、槍なら深く刺さっていいはずである。

――それにしても、手練《てだれ》だ。

どのような武器を遣ったのか分からないが、背後から一撃で仕留めたことはまちがいない。

――震えている！

平兵衛の両手が震えていた。気が昂《たかぶ》っているのである。平兵衛は殺しにかかるとき、気の昂りで両手が震え出すことが多かったが、そのときと同じだった。殺し人としての本能が得体の知れない下手人に対して恐れ、興奮しているのである。

そのとき、検屍《けんし》していた風間が立ち上がり、

「喧嘩《けんか》か、それとも酔って、土手を転げ落ちたかだな」

と、仏頂面《ぶっちょうづら》をして言った。間延びした気乗りのしない声である。

信吉がだれに手札をもらっていたか知らないが、それにしても八丁堀同心の手先であることはまちがいない。いわば、仲間内なのである。風間は下手人を捕らえてもたいした手柄にはならないと思ったのか、それとも探索しても金にならないと踏んだのか、あまりやる気はないようだ。

それでも、風間は集まった岡っ引きたちに、

「信吉が殺《や》られるのを見た者がいるかもしれねえ。近所で聞き込んでみろ」

と、指示した。

そばにいた岡っ引きや下っ引きたちが、すぐに土手を駆け上がり、通りの左右に散

っていった。造七も遅れて土手を上がり、面倒臭そうな顔をして大川端を両国橋《りようごく》の方へ歩きだした。

平兵衛もきびすを返した。これ以上、その場に立って死体を眺めていても仕方がないと思ったのである。それに、炎天下に立っているのが辛《つら》くなってきたのだ。

「旦那、お帰りで」

平助が、歩きだした平兵衛の後を跟いてきた。

「ああ、これ以上、見ていても仕方がないからな」

「まったくで」

平助は肩を並べて歩きながら、

「旦那、信吉親分を殺ったのは、だれですかね」

と、声をひそめて訊《き》いた。

「わしに、分かるわけがなかろう」

平兵衛は素っ気なく答えた。

すると、平助が身を寄せて来て、

「信吉親分は何か探っていたようで、このところ出ずっぱりだったと聞いてますぜ」

と、声をひそめて言った。

「何を探っていたのだ」

平兵衛が訊いた。

「そこまでは、あっしにも分からねえ」

平助が顎《あご》を突き出すようにして言った。

4

「ごめんなさいよ」

極楽屋の縄暖簾を分けて、五十がらみの男が入ってきた。丸顔で笑っているような細い目をしている。上物の絽《ろ》羽織に細縞《ほそじま》の小袖、海老茶《えびちゃ》の角帯をしめていた。大店《おおだな》の旦那ふうの身装《みなり》である。

丸顔の男の後ろから、もうひとり入ってきた。歳は三十代半ばであろうか。子持縞《こもちじま》の単衣に角帯、手に風呂敷包みをかかえていた。丸顔の男に仕える奉公人のように見えるが、眉が濃く、頤《おとがい》の張った精悍《せいかん》そうな顔をしていた。

ふたりとも、荒くれ男たちがたむろする極楽屋には似合わない真《ま》っ当《とう》な男に見えた。

「島蔵さんは、おりますかな」

五十がらみの男が、戸口ちかくの飯台で酒を飲んでいた頬に刀傷のある男に声をかけた。無宿人の留吉である。

「なんでえ、おめえは」

留吉が凄味のある声で訊いた。

「吉左衛門《きちざえもん》ともうします」

おだやかな声で答えた。留吉のような悪党面《づら》した男を相手にしても、すこしも臆《おく》した様子はなかった。吉左衛門の後ろに立っている三十代半ばの男も、眉ひとつ動かさず平然としている。どうやら、ただの商人ではないようだ。

「な、何の用でえ」

留吉の方が気圧《けお》されたように声をつまらせた。

「肝煎屋《きもいりや》と言ってもらえば、分かるはずです」

「待ってろ。親爺《おやじ》さんに話してくる」

極楽屋にたむろしている男たちは、島蔵のことを親分とか親爺さんとか呼んでいる。

島蔵は極楽屋をいとなむかたわら、口入れ屋もかねていた。口入れ屋は、桂庵《けいあん》、人《ひと》宿《やど》などとも呼ばれていた。主に下男下女、中間《ちゅうげん》などの斡旋業《あっせん》である。ただ、島蔵は人の嫌がる危険な普請場《ふしんば》の人足、借金取り、用心棒など命懸けの危ない仕事を斡旋していた。

真っ当な男はそうした仕事を敬遠するが、島蔵はまともな仕事には就けない無宿人、家出人、入墨者、ときには凶状持ちなどを集めて斡旋していたのである。そうした男たちは塒《ねぐら》もないので、極楽屋の裏手の長屋のような家屋に住まわせていた。そのため、仕事にあぶれた連中は、昼間から極楽屋に入り浸《びた》って酒を飲んだり、塒に集まって小博奕《ばくち》などを打ったりして過ごしている。

いっときすると、留吉が島蔵を連れてもどってきた。

「旦那がお出ましとは、めずらしいな」

島蔵が、吉左衛門の後ろに立っている男に目をやり、そっちは、と小声で訊いた。

「わたしに奉公してくれている稲十《とうじゅう》ですよ」

吉左衛門がそう言うと、稲十は、

「おみしりおきを」

と言って、頭を下げた。

「それで」

島蔵が吉左衛門に視線をもどして訊いた。

「島蔵さんに、お願いがありましてね」

そう言うと、吉左衛門は店にたむろしている男たちに目をやった。他の者には聞かれたくない、と目で島蔵に伝えたのである。

「この旦那と話がある。おめえたちは、奥へ行きな」

島蔵がそう言うと、店にいた数人の男たちは徳利や猪口《ちょこ》などを手にして立ち上がり、店の奥にある座敷へ移動していった。そこでも、酒が飲めるようになっていたのだ。

「さて、話を聞こうか」

島蔵は吉左衛門の前にあらためて腰を下ろした。

「いつものように殺しを頼みたいのだが、厄介《やっかい》な相手でな。おめえさんに直《じか》に話したかったのよ」

吉左衛門が寂《さび》のある声で言った。顔付きも変わっている。さっきまでの柔和《にゆうわ》な表情はなく、貫禄と凄味のある顔付きだった。

「こっちも仕事だから、嫌とは言わねえが、まず話を聞いてからだな」

島蔵には裏稼業があった。金で請け負う「殺し」である。江戸の闇世界で、島蔵は地獄の閻魔《えんま》と呼ばれる殺し人の元締めだった。

地獄とは地獄屋のことで、あるじの島蔵が閻魔である。赤ら顔で牛のように大きな目をした顔が、閻魔に似ていたからである。極楽屋や口入れ屋は世間の目を欺《あざむ》く隠れ蓑《みの》でもあったのだ。

「相手の名は、猿島彦四郎《さるしまひこしろう》、牢人《ろうにん》だ」

吉左衛門が小声で言った。

「それで、依頼人は?」

「言えねえ。むこうの頼みでな」

そう言って、吉左衛門が上目遣いに島蔵を見た。

吉左衛門は表向き、柳橋《やなぎばし》で一吉《いちよし》という料理屋をいとなんでいた。その実、肝煎屋とかつなぎ屋と呼ばれる殺しの斡旋人である。

吉左衛門は殺しの斡旋を始める数年前まで、盗賊の頭目だった。歳をとったため引退して料理屋をやっていたが、昔の稼業のことを知っている者がのっぴきならない理由から殺しを頼みにきたことがあった。

ところが、吉左衛門には殺しを実行するだけの腕がない。吉左衛門はどうしても断れない恩人の依頼だったので、やむなく殺しを島蔵に頼んだ。吉左衛門は江戸の闇世界のことはくわしく、島蔵が殺しの元締めをしていることを知っていたのだ。一度殺しの斡旋をしたのがきっかけで、吉左衛門はこの世界に足を踏み入れ、斡旋料を取って殺しのつなぎ役をするようになったのである。

吉左衛門の場合、闇の世界の噂や料理屋に来た客の会話などから、大金を積んででも相手を殺したいほど強い恨みを持っている者を嗅《か》ぎ出し、自分から近付いて依頼を受けてくるのだ。当然、吉左衛門は相応のつなぎ料を取る。

「それじゃァ名は聞くめえ。恨みの筋だけでも話してくれ」

島蔵としても、ただ殺しの相手だけ聞いて実行するわけにはいかなかった。下手をすると、町方に殺しが露見してお縄を受けかねない。

「そのことは、稲十から話してもらう」

吉左衛門が稲十に目をむけた。

「さる大店のあるじに、十七になる箱入り娘がおりやした」

そう前置きして、稲十が話しだした。

娘は女中をお供に連れて、芝居見物に出かけたという。その帰り、大川端で数人のならず者に取り囲まれ、近くの藪《やぶ》のなかに連れ込まれ、手込めになりそうになった。

そこにあらわれたのが、猿島彦四郎だった。猿島は見事な剣捌《さば》きでならず者たちを撃退し、娘を助けた。

この猿島が役者にしてもいいような男前だったこともあって、娘はすぐにのぼせ上がってしまった。

「しばらくの間、猿島は言葉巧みに娘を騙《だま》して、十両二十両と店から金を持ち出させて貢がせていやした。ところが、父親であるあるじがこのことに気付いて問いつめると、娘は猿島との関係をうちあけた」

「それで」

「あるじは知り合いの岡っ引きに頼んで猿島のことを調べてもらい、猿島が男前をいいことに女を食い物にしている遊び人であることを知ると、猿島に相応の金を渡して娘と別れさせやした。それで、縁が切れちまえばよかったんだが、猿島は執念深い男で一度つかんだ金蔓《かねづる》を手放そうとしなかった」

猿島はひそかに結び文を娘に渡し、父親の目を盗んで逢引をつづけていた。猿島は娘の体をもてあそぶと同時に、娘に金を貢がせていたのである。

ところが、父親が娘の態度に不審を持ち、店の金を厳重に保管したため金を持ち出すことができなくなってしまった。

すると、猿島の態度が豹変した。娘を折檻《せっかん》して自分の言うことをきかせ、遊女屋に売り飛ばそうとした。

「遊女屋に娘を連れていくとき、猿島の遊び仲間がくわわりやした。そいつの名が権《ごん》太《た》。大川端で娘を手込めにしようとしたひとりだったんでさァ」

権太の顔を見た娘は、すべて猿島の狂言であり、これまで騙されつづけてきたことを知った。娘は絶望と恐怖とで半狂乱になり、咄嗟《とっさ》にそばにいた権太を突き飛ばして逃げ出し、大川へ身を投げた。

「店のあるじは大川で発見された娘の死骸《おろく》を手厚く葬ったが、このままでは娘は浮かばれないと思い、旦那のところへ相談に来たってわけなんで」

そう言って、稲十は吉左衛門の方へ目をやった。

吉左衛門は無言でちいさくうなずき、

「まァ、そういうわけでさァ」

と、言い添えた。

「やけに詳しいじゃァねえか」

娘と猿島のかかわりや仲間の権太という男のことまでよく知っていた。町方が念入りに調べたような詳しさである。

「あっしが、権太をつきとめ、口を割らせやしたんで」

あるじから猿島の殺しを依頼された稲十は、まず娘を手込めにしようとした大川端へ行って聞き込み、権太をつきとめたという。

「それで、権太はどうした」

島蔵が訊いた。

「あっしが、片付けやした」

稲十は表情も変えずに言った。

「それなら、おめえさんが猿島も殺《や》ったらどうだい？」

島蔵は、稲十も素人《しろうと》ではないと踏んだ。殺しに手を染めているのかも知れない。

そのとき、稲十と島蔵のやり取りを聞いていた吉左衛門が口をはさんだ。

「猿島は男前だが、やさ男じゃァねえんだ。剣術の腕がたち、稲十の手には負えねえ。それで、こうやって頼みに来たわけだ」

「うむ……」

事情は分かった。受けてもいい、と島蔵は思った。ただ、問題は殺し料だった。

「それで、殺し料は？」

島蔵はギョロリとした目を吉左衛門にむけた。

「三百両」

「いいだろう」

殺し料に不足はない。島蔵は問わなかったが、依頼人から五百両は出ているだろうと踏んだ。吉左衛門のつなぎ料が百両、それに権太の殺し料として稲十に百両は渡っているはずである。だが、依頼人がいくら出したのか問わないのが、殺しの元締めと肝煎屋との暗黙の掟《おきて》であった。

5

コトリ、と戸口の方で音がした。小石でも投げ込んだような音である。

平兵衛は研いでいた石堂是一の刀を脇に置き、屏風越しに戸口を覗いてみた。だれもいない。まゆみは惣菜を買いに町へ出ていたので、部屋のなかはひっそりとしていた。

見ると、上がり框《がまち》に白い物が落ちている。

――つなぎかな。

平兵衛は立ち上がった。

島蔵から殺しの依頼があるとき、つなぎ役の者が部屋に平兵衛しかいないのを確かめてから投げ文をしていくことが多かったのだ。

思ったとおり、投げ文だった。腰高障子の破れ目から投げ込んだらしい。紙に小石がつつんである。ひらいて見ると、

――十八夜、笹《ささ》。

と記してあった。いつもと同じ簡単な符号である。

十八は、四、五、九《じごく》。つまり地獄屋のことである。笹は笹屋。島蔵がよく殺しの依頼に使うそば屋のことだった。つまり、今夜、殺しの依頼があるので、笹屋に来てくれという知らせである。

その日、陽が西の家並のむこうに沈むと、平兵衛は、

「今夜は、久し振りに片桐《かたぎり》さんと酒を飲む」

と言って、土間へ下りた。

「また、片桐さまと刀のお話ですか」

まゆみは、平兵衛の単衣《ひとえ》を繕《つくろ》っていた手をとめて顔を上げた。

片桐右京《うきよう》は平兵衛と同じ殺し人だった。表向きは御家人で刀の蒐集《しゆうしゆう》家ということになっている。ときどき、刀の研ぎの依頼を口実にして平兵衛の住む長屋に姿を見せ、殺しの連絡を取り合っていた。

まゆみは、ときおり姿を見せる右京を慕《した》っていたが、自分の思いを打ち明けられず、胸に秘めていた。平兵衛もまゆみの胸の内は気付いていたが、知らん振りをしている。右京が殺し人であるうちは、まゆみを嫁にやることはできないと思っていたのだ。

「そのうち、片桐さんを家へ連れてこよう」

平兵衛が戸口から出がけにそう言うと、

「ええ……」

まゆみは戸惑うように視線を揺らして、顔を赤らめた。

笹屋は深川、海辺大工町《うみべだいくちょう》にあった。小名木川《おなぎ》にかかる万年橋《まんねん》のたもとである。暖簾をくぐるとすぐ、笹屋のあるじの松吉《まつきち》が顔を出し、平兵衛を二階の座敷に案内してくれた。松吉は島蔵の息のかかった男で、島蔵たちが店で殺しの相談をしていることは知っていたが、何も口をはさまなかった。

座敷には、三人の男が顔をそろえていた。島蔵、右京、それに朴念《ぼくねん》である。朴念は半年ほど前から、極楽屋に住みついた殺し人だった。朴念は奇妙な男だった。坊主頭で、黒の道服のような衣装に身をつつんでいる。それが、着たきりなので、襟元《えりもと》が垢《あか》でひかり、所々擦り切れていた。

朴念は三十がらみ、巨漢の主《ぬし》で全身が鋼のような筋肉につつまれていた。丸顔で糸のように細い目をし、小鼻の張った大きな鼻をしていた。熊のような男だが、ひょうきんな顔付きで、いつも腑抜《ふぬ》けのようにニタニタ笑っている。

朴念が極楽屋に入り浸るようになった当初、島蔵が名を訊くと、

「亀助《かめすけ》ってえ名がありやしたが、旅をしてるときは、朴念と名乗ってやした。おめえは、朴念仁《ぼくねんじん》だと師匠が言うので、朴念にしやしたんで」

と言って、うす笑いを浮かべた。

師匠というのは、朴念に手甲鈎《てっこうかぎ》を教えた旅の武芸者だという。手甲鈎は手に嵌《は》めて握ると手の甲をおおい、四本の長い鈎が熊の爪のように伸びる。その鈎で、相手を切り裂くのだ。朴念はこの手甲鈎の遣い手であった。

朴念の出自は、甲州《こうしゅう》街道の勝沼《かつぬま》宿ちかくの水呑み百姓の次男だった。子供のころから、食うために勝沼宿へ荷駄をあつかう人足として手間賃稼ぎに出ていた。

十五、六のころ、勝沼宿にひとりの武芸者が通りかかった。こまかい経緯《いきさつ》は分からなかったが、武芸者と宿場の雲助《くもすけ》とで争いになった。そのとき、武芸者が手甲鈎を遣ったのである。朴念は、武芸者がまたたく間に三人の雲助を斃《たお》したのを目にし、夢中で武芸者の後を追って弟子にしてくれと懇願した。

「このような武器のあつかいを身につけても、難をもたらすだけで、身を立てる役にはたたぬ」

そう言って、武芸者は弟子になることを許さなかった。

だが、朴念は諦めなかった。野辺の草、蛇、かえるなどを食って飢《う》えをしのぎ、どこまでも武芸者の跡を尾《つ》けたのである。

半月もすると、武芸者は根負けして旅に同行することを許し、刀術の基本と手甲鈎の術を教授したという。

その後三年ほど、朴念は旅の武芸者に同行して手甲鈎を修行したが、武芸者が病没したため、その後はひとりで甲州街道や中山道などを流れ歩いた。朴念は流浪の旅をつづけながら手甲鈎の修行をつづけた。修行といっても、もっぱら実戦である。旅の武芸者に立ち合いを挑んだり、雲助を襲って上前をはねたり、宿場の親分の家に草鞋を脱いで喧嘩《でいり》にくわわって相手を殺したり、ときには頼まれて金ずくで人殺しをすることもあったそうである。

「その旅の途中で、出家したのかい」

島蔵が訊いた。

「おれは、坊主じゃァねえ。髷《まげ》を結うのが面倒だから、丸めただけだ。それに、この方が旅をしやすかったからな」

朴念が言うには、旅をしているときは法衣を身にまとっていたという。街道沿いには寺が多く、雲水の格好をしていた方が宿をとりやすかった。それに、ときには托鉢《たくはつ》をして飢えをしのぐこともあったそうである。

朴念は江戸に流れてきて市中を歩きまわっているとき、極楽屋を見つけ、ここはおれの塒にふさわしいと思い、居座るようになったという。

そうして半月ほどすると、朴念は島蔵の裏稼業が殺し人の元締めであることを知り、

「おれにも、仕事をまわしてくれ」

と頼み、依頼された無頼牢人を手甲鈎でしとめた。

朴念の腕に感心した島蔵は、その後も殺しの仕事を頼むようになった。以来、朴念は島蔵を元締めとする殺し人のひとりとして、極楽屋に住みついている。

島蔵は平兵衛が用意された膳の前に腰を下ろすのを見てから、

「今度の仕事は肝煎屋からの依頼だ」

と言って、話を切り出した。

「始末する相手は猿島彦四郎、牢人だ。腕は立つらしい」

島蔵は稲十から聞いた経緯をかいつまんで話し、

「殺し料は二百両」

と言い添えた。

三百両のうち百両は元締めである島蔵が手にすることになる。むろん、殺し人は依頼人がいくら出したのか知らないし、問うこともしない。殺し料が気に入らなければ、受けなければいいのである。

「それで、だれが受けてくれるか」

島蔵は平兵衛、右京、朴念に視線をめぐらした。

いっとき、三人は口をつぐんでお互いの顔を見合っていた。相手は猿島ひとりである。殺しを受けるのも、ひとりということになろう。

平兵衛はできるなら引き受けたくなかった。明日の暮らしに困るほど困窮していなかったし、ちょうど石堂是一の研ぎにかかったところだった。心を乱すことなく、名刀の研ぎに専念したかったのである。

「おれが引き受けやしょう」

朴念が、そう言ってニタリと笑った。

「朴念に受けてもらっていいかな」

島蔵が平兵衛と右京に訊いた。

「わしは手を引く」

平兵衛が答えると、右京も無言のままうなずいた。右京の憂いを含んだ顔には、何の表情も浮いていなかった。

「すまねえなァ。それにしても二百両とは、でけえ仕事だ」

そう言うと、朴念は膳の上の焼き魚を手づかみにし、ムシャムシャと頰ばった。朴念は大食漢で、酒も強かった。朴念仁というより、野獣のような男である。

6

「朴念、あいつだ」

稲十が前方を指差した。

見ると、小紋の小袖を着流した背のすらりとした牢人ふうの男が、若い町娘といっしょに出会茶屋の店先から出てくるところだった。牢人ふうの男は、猿島彦四郎である。

朴念と稲十は浅草《あさくさ》、並木《なみき》町にある華清《はなせい》という出会茶屋の斜向《はす》かいにある稲荷《いなり》の祠《ほこら》の陰にいた。

猿島殺しを引き受けた朴念は、島蔵から稲十が猿島の塒を知っていると聞き、手にした前金のうち三十両を渡して手引きを頼んだのである。

稲十は、猿島がちかごろ別の町娘を誑《たら》し込み、華清へ連れ込んでいると聞き込んでいて、朴念をここに連れてきて見張っていたのだ。

「どうしやす」

稲十が訊いた。

「ここじゃァ仕掛けられねえ。賑やか過ぎるぜ」

並木町は浅草《せんそう》寺の門前にひろがる町で、門前通りには料理茶屋、料理屋、出会茶屋などが軒を連ねていた。すでに、五ツ（午後八時）ごろだったが、通りは華やかな明りにつつまれ、酔客、男衆《おとこし》を連れた芸者、遊び人などが行き交っていた。

華清を出た猿島は、行き交う人々の間を飄然《ひょうぜん》と歩いていた。町娘はその背後に身を隠すようにして、顔を伏せたまま跟《つ》いていく。

「尾《つ》けるぜ」

朴念が祠の陰から通りへ出た。

稲十がつづく。朴念は巧みに軒下闇や物陰をつたって尾けていく。黒の道服のような衣装は闇に溶けていた。猿島が振り返っても、その姿を見ることはできなかっただろう。

一方、稲十も黒の半纏《はんてん》に股引という格好で来ていたので、朴念と同じようにその姿は闇にまぎれていた。

猿島と町娘は、門前通りから大川端へ出ると、川下へむかって歩きだした。そこは駒形町《こまがたちょう》である。大川端の通りは人影がまばらになり、急に夜陰が濃くなったように感じられた。岸辺を打つ川波の音が、絶え間なく聞こえてくる。

ふと、暗がりで猿島が足をとめてきびすを返した。そして、後ろから跟いてくる町娘の方に手をひろげると、町娘が吸い込まれるように身を寄せた。

ふたりは立ったまま抱き合って顔を寄せた。口を吸い合っているようだ。頭上の月光が、寄せ合ったふたりの横顔を白く浮き上がらせている。

「ケッ、こんなところで、つるんでるんじゃァねえや」

朴念が唸《うな》るような声で言って、ふところから革袋を取り出した。なかに、手甲鉤が入っていた。朴念は、手早く取り出して両手に嵌めた。

「おめえのにやけた顔を、ひっ掻いてやらァ」

そう朴念がつぶやいたとき、

「だれか来やすぜ」

稲十が小声で言った。

下駄の音がし、綺麗所がふたり箱屋を連れて、猿島と町娘のいる方に歩いて行くのが見えた。料理屋にでも呼ばれて向かっているらしい。

箱屋は三味線を入れた長い箱を持って芸者に従う男衆のことである。駒形町にも老舗《しにせ》の料理屋や船宿などがあったのだ。

猿島と町娘は下駄の音に気付いたらしく、慌てて身を離すと、足早に川下の方へ歩きだした。そして、一町ほど歩いたところで、ふたりはまた立ちどまった。今度は口吸いではなかった。町娘だけが、猿島と別れて歩き出したのだ。

前方右手に、老舗の料理屋らしい店があり、通りへ明りを落としていた。二階の座敷にはかなりの客がいるらしく、三味線の音、唄声、嬌声、酔客らしい男の哄笑《こうしよう》などがさんざめくように聞こえてきた。

町娘はその店と隣店の間にある板塀のくぐり戸をあけ、なかに吸い込まれるように姿を消した。

「山根屋《やまねや》の娘ですぜ」

稲十が言った。

山根屋は駒形名物の泥鰌《どじょう》や鰻《うなぎ》などが旨《うま》いことで知られた老舗の料理屋だという。猿島と逢引していたのは山根屋の娘らしい。

「猿島がひとりになったぜ」

そう言って、朴念がニヤリと笑った。

猿島は足早に大川端を川下へむかって歩いていく。どうやら猿島の住処《すみか》はこの先にあるらしい。駒形町を抜け、諏訪《すわ》町へ入ると、急に人影がとぎれ、辺りの闇がさらに深くなったように感じられた。

「仕掛けるぜ」

そう言うと、朴念が走り出した。

巨漢だが、足は速い。黒い装束とあいまって、その姿は熊のように見えた。稲十も後につづいた。ふところに右手をつっ込んでいる。匕首を呑んでいるようだ。戦いの展開によっては、朴念に助太刀するつもりなのだろう。

7

猿島が、背後からの足音に気付いて振り返った。そして、振り返るや否や左手を刀の鍔元《つばもと》に添えて鯉口《こいぐち》を切った。ただならぬ気配を感じ取ったにちがいない。

「何者だ！」

猿島が誰何《すいか》した。驚愕《きようがく》に目を剝《む》いている。黒装束の奇妙な格好をした巨漢の男が、背後に迫っていたのだ。

朴念は足をとめて猿島と対峙《たいじ》すると、

「おめえさんを恨んでいる娘に、冥途《めいど》に送ってくれと頼まれたのよ」

そう言って、細い目をさらに細めてニタニタと笑った。愛嬌のある顔だが、妙に不気味である。

「坊主が殺生《せつしよう》してもいいのかい」

猿島が女のように細い声で言った。口元が揶揄《やゆ》するように笑っている。朴念の坊主頭と風変わりな衣装を見て、僧侶と思ったらしい。朴念が自分を殺しに来たと分かったようだが、武器らしい物を身につけていないので、侮《あなど》ったようだ。それに、猿島も腕に覚えがあったのである。

「殺生も、おめえのようなやつなら人助けだ」

言いざま朴念は両袖をたくし上げ、両手を前に出して身構えた。

「何だ、それは！」

猿島が朴念の両手に嵌まっている手甲鉤を目にして驚いたような顔をした。初めて目にする武器だったのだろう。

「おれの爪だよ」

「爪で、おれを殺《や》ろうというのか」

猿島は白い歯を見せて笑いながら抜刀した。

猿島は青眼に構えた。すこしも臆した様子はなかった。腰が据わり、切っ先がピタリと朴念の目線につけられている。

――いい腕だな。

朴念は、猿島が剣の遣い手であることを察知した。

だが、勝てる、と踏んだ。朴念は街道筋を流れ歩くなかで剣の手練とも何度かやり合ったが、後れを取ったことはなかった。それに、剣や槍の遣い手も手甲鉤の技や威力を知らず、虚仮威《こけおど》しの小武器と侮って油断してくることが多いのだ。

朴念の推測どおり、猿島には油断があった。そのため、朴念の技前や動きを見ようとする前に、自分から間合を狭めてきたのだ。

朴念もすこし腰を沈めた格好で足裏を擦るようにして間合をつめ始めた。

ふたりの間合が、ジリジリと狭まっていく。

斬撃の間境の手前で、猿島は寄り身をとめた。そして、全身に気勢を込め、斬り込む気配を見せた。

フッ、と朴念が右の拳を五寸ほど前に突き出した。誘いである。

刹那《せつな》、猿島の全身に剣気が疾《はし》り、裂帛《れっぱく》の気合とともに体が躍動した。

袈裟《けさ》にきた。するどい斬撃である。

オオッ、と声を発しざま、朴念は右腕を前に突き出して、猿島の斬撃を手甲鈎で受けた。同時に、前に踏み込みながら左手の手甲鈎で猿島の脇腹を払った。

四本の長い爪が、猿島の脇腹をえぐった。鋭利な武器である。

よろっ、と猿島がよろめいた。腹部の強い衝撃で、体勢がくずれたのだ。

猿島の着物が裂け、脇腹から臓腑《ぞうふ》が覗いていた。着物が蘇芳《すおう》色に染まっている。

「お、おのれ！」

猿島はつっ立ったまま顔をひき攣《つ》らせた。青白い月光のなかで端整《たんせい》な白皙《はくせき》がゆがみ、般若《はんにゃ》のように見えた。

猿島は右手だけで刀身を振り上げた。左手で脇腹を押さえている。まだ、立ち向かう気力は残っているようだ。振り上げた刀身がワナワナと震え、月光を反射《はね》てにぶくひかった。

「素っ首、たたっ斬ってやる！」

猿島は刀身を振り上げたまま一歩、一歩近寄ってきた。

朴念は両腕を前に出して身構え、猿島との間合がつまるのを待っている。

猿島は斬撃の間に迫るや否や、唸り声のような低い気合を発して斬り込んできた。牽制《けんせい》も気攻《きぜ》めもない。ただ、振りかぶった刀を斬り下ろすだけの斬撃である。

朴念が右手の手甲鈎で刀身を払った。

猿島の体が前につんのめるようにくずれるところを、朴念は左手の手甲鈎を横に払い、猿島の顔面を掻き斬った。

瞬間、猿島の顔に四筋の血の色が疾《はし》った。鼻梁《びりょう》が抉《えぐ》られ、眼球が飛び出し、額が横に裂けた。

ギャッ！ という凄《すさ》まじい絶叫が上がり、猿島の顔が赤い布を張り付けたように真っ赤に染まった。

猿島は両手で顔面をおおい、両膝をついてうずくまった。けたたましい咆哮《ほうこう》のような叫び声を上げて頭を振りまわすように身をよじっていたが、すぐに前につっ伏して激しく身悶《みもだ》えした。

いっとき、猿島は伏臥《ふくが》したまま身を痙攣《けいれん》させていたが、やがて動かなくなった。多量の出血で絶命したらしい。

「なんとも、すさまじい。色男も台無しだな」

稲十が呆《あき》れたような顔をした。

「騙《だま》された娘たちの供養だ」

朴念は死体に近付いて目を落としたが、手を貸してくれ、と言って猿島の頭をかかえ上げた。稲十に足を持ってもらって、死体を大川へ流すのである。

顔に手甲鈎の傷を刻んだ猿島の死体を始末する必要があった。一目で猿島を斃した武器が知れ、下手人も特定されるからだ。

「分かった」

すぐに、稲十が死体の両足をつかんだ。

8

「親爺《おやじ》はいるかい」

縄暖簾を分けて、造七が店に入ってきた。

極楽屋に居合わせたのは、留吉、忠三郎、清次、それに人足ふうの男がふたりいた。造七の顔を見て、男たちの顔がこわばり、店内に緊張がはしった。

「しけた面《つら》をするんじゃァねえ。今日は、八丁堀の旦那をお連れしたんだ」

造七がそう言って、後ろを振り返ったとき、のそりと男がひとり入ってきた。

定廻り同心の風間彖次郎である。風間は戸口に立って、薄暗い店内に目をやると、

「なるほど、地獄だな。鬼みてえな野郎が、真っ昼間から酒をくらってやがる」

風間は口元にうす笑いを浮かべて言うと、腰の刀を抜いて、飯台のまわりに置かれた空樽に腰を下ろした。

そのとき、板場から慌てた様子で、島蔵が出てきた。店内が急に静かになったので覗いてみたにちがいない。

「これは、これは、八丁堀の旦那」

島蔵は揉《も》み手をし、満面に笑みを浮かべて風間に近寄ってきた。

「あるじの島蔵かい」

風間が低い声で訊いた。口元の笑いが消え、睨《にら》むように島蔵を見すえている。

「へい、極楽屋のあるじ、島蔵にございます」

島蔵は、風間の名と顔は知っていたが、話すのは初めてだった。

「極楽屋か。おれは地獄屋と聞いてるぜ」

風間は店内に視線をやりながら言った。

「汚ねえ店だし、見たとおり、客筋が人相のよくねえ野郎ばっかりだもんで、極楽じゃァねえ地獄だ、などとへらず口をたたくやつがおりやしてね」

島蔵は愛想笑いを浮かべたまま言ったが、風間にむけられた目には心底を探るようなひかりがあった。島蔵は、風間が何のために店に来たのか読めなかった。巡視の道筋を変えてまで、袖の下をせしめるためにこんな粗末な店に足を運んできたとは思えなかったのである。

「まァ、地獄でも極楽でもいいが、たたけば埃《ほこり》の出そうな連中が、大勢いるじゃァねえか」

そう言って、風間が店内にいる男たちに視線をまわしたとき、飯台の隅にいた清次が立ち上がった。

血相を変えている。清次はつっ立ったまま風間を睨むように見すえていた。顔が蒼ざめ、握りしめた拳が震えている。以前、造七がこの店にきたとき同じような態度を見せたが、いまはそのとき以上に激しい憎悪の色を浮かべていた。

「若《わけ》えの、どうしたい」

風間がなじるような物言いで訊いた。

それを見た島蔵が慌てて、

「おい、そいつを奥へ連れて行け。そんなところにつっ立っちゃァ、八丁堀の旦那が気を悪くなさる」

と、声を上げた。清次のような男が八丁堀同心に楯突けば、命がいくつあっても足りないのだ。

すぐに、清次のそばにいた留吉と忠三郎が立ち上がり、清次の両腕をつかんで奥へ連れていった。

「ヘッヘヘ……。どうも、なかには酒癖の悪いのがおりやして」

島蔵が困惑したように顔をしかめて言った。

「おれに、何か言いてえことがあったんじゃァねえのかい」

風間が訊いた。

「いいえ、あいつは、初めての客にはいつもああなんで。臆病者なんでしょうよ」

「何かいわくがありそうだが、まァ、いい。……今日は、おめえに訊きてえことがあって来たんだからな」

そう言って、風間は島蔵に目をむけた。

「何でござんしょう？」

「おめえ、猿島彦四郎てえ男を知ってるかい」

島蔵を見つめる風間の目に刺すようなひかりがくわわった。

「存じませんが。この辺りに、お住まいの方でございますか」

うまく、島蔵はとぼけた。

そのとき、島蔵は心ノ臓を握られたようにギョッとし、全身に鳥肌が立った。風間は、朴念が殺した男の名を口にしたのだ。

それにしても、風間はなぜ猿島のことを知っているのであろうか。すでに、島蔵は朴念から猿島を始末し、死体は大川に流したと聞いていた。その死体が発見されたという話も聞いていない。猿島の殺しが、風間にばれるはずはないのだ。

「知らねえならいい。話は変わるが、この店に図体のでけえ、坊主頭の男はいねえかい」

「さァ、覚えがありませんが……」

島蔵は首をひねった。

朴念のことだ、とすぐに分かったが、島蔵は表情も変えずに白《しら》を切った。

「客かもしれねえ」

「ちかごろ、坊主頭の客はいなかったと思いやすが」

島蔵は店にいた男たちに、おめえたちはどうだい、と訊いた。

すると、清次を奥へ連れていって店にもどった留吉が、

「見てねえなァ」

と言い、他の男たちも、知らないと口をそろえた。うまく、島蔵に口占《くちうら》を合わせたのである。

「旦那、坊主頭の男が何かしやしたんで？」

島蔵がもっともらしい顔をして訊いた。

すると、風間の脇にいた造七が、

「なに、三日ほどめえに、大川端でちょっとしたことがあったのよ」

と、口をはさんだ。

風間が後をとって、

「その大川端で、通りかかった芸者が坊主頭の熊のような大男を見かけた。そいつに似た男が、この店にいるのを見たってやつがいてな。それで、わざわざ足を運んで来たってわけよ」

そう言って、もう一度店内を見渡した。飯台を並べた奥にも座敷があるのに気付

き、気にしているようだ。

「奥には、いま店にいた若えのがいるだけですが、覗いてみますか」

島蔵が訊いた。

すると、風間は傍らにいた造七に目をむけて、行ってこい、というふうに顎をしゃくった。

造七はすぐにその場を離れ、奥の座敷を覗いてきたが、若えのしか、いませんぜ、と言って首を横に振った。

「店にはいねえようだな」

風間は渋い顔をした。

「どなたが旦那に話したか知りませんが、見間違いですよ。ここの客は猿や熊のような野郎ばっかりだが、坊主頭は見たことがねえ」

島蔵はうまくとぼけた。

「そうかい。見たことがねえんじゃァしようがねえなァ」

風間が刀をつかんで立ち上がった。

「少々、お待ちを」

島蔵は急いで板場にもどり、一分だけ紙につつんでもどってきた。お捻りである。

大金をつつむとかえって疑われると思い、一分だけにしたのだ。

島蔵がそのお捻りを渡そうとすると、

「そいつをいただくのは、またにしよう。近いうちに、来ることになるかもしれねえからな」

風間はうす笑いを浮かべて断った。

島蔵は嫌な気がした。強欲と噂のある風間がお捻りを拒絶したのだ。極楽屋に対し手心をくわえるつもりはないとの意思表示である。

「島蔵、坊主頭の男を見かけたら、言ってくんな。おれがかならず探し出して、その首を獄門台に晒《さら》してやるってな」

そう言い置き、風間は造七を連れて店から出ていった。

――風間は、朴念がこの店とかかわりがあることを知ってるぜ。

島蔵は、そう思った。

9

島蔵は戸口の隅から、風間と造七の姿が要橋の向こうに消えるまで見送っていた

が、店にいる男たちのそばにもどると、

「朴念と清次を呼んでこい」

と、指示した。

朴念も、裏手の長屋にいるはずだった。運良く店内にいなかったので、言い逃れることができたが、このまま極楽屋にとどまることはできないだろう。

すぐに、清次が奥から店に出てきた。まだ、こわばった顔をしている。

「まァ、ここに座れ」

島蔵も飯台に腰を下ろした。留吉や忠三郎たちもまわりの飯台に腰を下ろし、緊張した面持ちで清次に視線を集めていた。

「おめえ、岡っ引きが嫌えなだけじゃァねえようだな」

島蔵が清次に目をむけて訊いた。

造七に逆らうような態度を見せた後、島蔵が清次にわけを訊くと、おらァ、岡っ引きが嫌えなんだ、と吐き捨てるように言ったのだ。

そのとき、島蔵はそれ以上訊かなかった。岡っ引きに苛《いじ》められたことでもあるのだろうと、思っただけである。極楽屋に出入りする連中は、岡っ引きを嫌っている者がすくなくない。清次はすこし度が過ぎると思ったが、岡っ引きに反抗的な態度を見せる客はめずらしくなかったので、島蔵もそれほど気にしなかったのだ。だが、今日、清次の風間に対する態度を見て、町方を嫌う特別な理由があると思ったのである。

「おらァ、風間と造七は生かしちゃァおけねえんだ」

清次が声を震わせて言った。ただごとではない。憎悪と興奮とで顔がこわばり、目がつり上がっている。

「何があった。話してみろ」

「あっしの両親《ふたおや》は、あいつらのために殺されたようなものなんで」

そう前置きして、清次が話しだした。

清次の父親の盛助《せいすけ》は神田佐久間町《かんださくまちょう》で小体《こてい》な瀬戸物屋をやっていた。峰吉《みねきち》という三十がらみの奉公人がひとりいるだけのこぢんまりした店だが、けっこう繁盛《はんじょう》していて親子三人食うには困らなかった。

ところが、清次の家を思わぬ不幸が襲った。峰吉が近所の飲み屋で酔い、つまらぬことで隣り合わせた男と言い争いになった。そして、カッとした峰吉が、路傍《ろぼう》にあった石を拾って男を殴り殺してしまったのだ。

むろん峰吉は町方に捕らえられたが、四、五日して造七が店に顔を出し、

「おめえは峰吉が喧嘩《けんか》してるのを知ってながら、とめなかったそうじゃァねえか。風間の旦那がおめえにも、話を聞きてえって言ってなさる。いっしょに来てくんな」

そう言って、盛助を南茅場町《みなみかやばちょう》の大番屋まで連れていった。

風間は、奉公人が酔って喧嘩をしているのを見て、主人としてとめようともしなかったのは不届きであり、峰吉と同罪である、と言って拷訊《ごうじん》した。

とんだ濡れ衣だった。その夜、盛助は風邪気味で店仕舞いするとすぐ二階の部屋で伏せっていて、峰吉が飲み屋に立ち寄ったことすら知らなかったのだ。

このことを盛助が訴えると、風間は、

「ふたりが喧嘩をしたのは、おめえの店のすぐ近くだ。おめえが知らねえはずはねえ。それに、造七が近所で聞き込んだところ、峰吉が喧嘩しているそばでおめえの姿を見かけた者がいるんだ。言い逃れはできねえ」

と言って、盛助の言い分を聞こうとしなかった。

盛助が峰吉のそばにいたというのは、造七の虚言《そらごと》である。なぜ、造七は嘘の報告をしたのか。後で別の八丁堀同心の小者に聞いて分かったことだが、造七が瀬戸物屋に立ち寄ったとき、盛助が袖の下を渡さなかったのをずっと根に持っていたらしいのだ。

盛助に対する風間の吟味は酷烈《こくれつ》だった。盛助が、風間の言うことを認めようとしなかったからである。大番屋のなかでひそかに拷問まがいのことまでした。しかも厳冬期のことで、もともと体の弱かった盛助は酷寒と激しい吟味に耐えられず、大番屋の仮牢のなかで風邪をこじらせて急死してしまったのだ。

「そんなことがあったのかい。それにしても、おめえやけに詳しいじゃァねえか」

島蔵は話を聞いて、清次が大番屋のなかの吟味の様子まで知っているのに驚いた。

「おとっつァんが死んで二年ほどして、八丁堀同心の小者をしていたという男と知り合って、そのときの様子を訊いたんでさァ」

清次が悔しそうに顔をしかめてそう言ったとき、奥からのそのそと朴念が出てきた。洞穴から這《は》い出てきた熊のようである。

朴念は島蔵のそばまで来て足をとめると、大欠伸《おおあくび》をし、それから店内の様子がいつもとちがうのに気付いたらしく、

「親爺さん、どうしやした」

と、いつものようにニヤニヤしながら訊いた。

「おめえにも話しておきてえことがあるが、清次が先だ。話が終わるまで、そこらに腰を下ろしてててくんな」

島蔵はそう言うと、清次に視線をむけ、

「それでどうしたい」

と、声をあらためて訊いた。

朴念は近くの空樽に腰を下ろした。相変わらず口元にうす笑いを浮かべて男たちに目をむけている。

「おとっつァんが死んで一年ほどして、今度はおっかさんが死にやした」

突然、夫を失った悲痛と、女手ひとつで瀬戸物屋を切り盛りする苦労がたたり、母親は胸の病を患って盛助の後を追うように死んだという。

「おっかさんが死んだのが、あっしが十四のときでした。それから、遠縁の者の店で丁稚《でっち》奉公をさせられやした」

ところが、あまりにひどい仕打ちにいたたまれなくなり、三年ほどで店を飛び出したという。

その後は、紙屑拾いをやったりぼてふりをやったりしたが長続きせず、二十歳を過ぎたころに悪い仲間と付き合うようになり、町娘に因縁をつけて金を脅し取ったり賭場の貸元の子分になったりして生きてきたという。

「そんなおり、親爺さんに拾ってもらいやした」

「店に来たのが、二年ほど前だったな」

清次が二十三になったとき、たまたま極楽屋に飲みにきた他の客と喧嘩になり、島蔵が間に入って仲裁したのだ。そのとき、島蔵は清次の境遇を聞いて同情し、しばらくここで暮らしてもいいと言って、裏手の長屋に住まわせてやったのである。

「あっしは、なんとかして風間と造七に仕返しがしてえんだ」

清次が強い口調で言った。つり上がった目に、怨念の炎が燃えている。風間と造七に対する恨みは深いようだ。

「おめえの気持ちは分かるがな。あんなふうに、正面からつっかかっていきゃァ、親爺さんの二の舞いになるのが落ちだぜ」

「…………」

清次が顔をしかめて俯《うつむ》いた。

「そのうち、仕返しができるときが来るだろうよ。それまで、おめえ、盛助の倅《せがれ》だってことに気付かれねえようにするんだ」

風間と造七は、清次が盛助の倅で自分たちを恨んでいると知ったら、適当な罪を捏《ねつ》造《ぞう》して捕縛し、始末してしまうかもしれない。風間と造七なら、それくらいなことは平気でするだろう。

清次は島蔵の忠告を聞き入れたかどうかはっきりしなかったが、ちいさく頭を下げると肩を落として、すこし離れた飯台に腰を下ろした。

10

「朴念、次はおめえだな」

島蔵は朴念に目をむけた。

「おれにも、話があるのか？」

「そうだ。ふたりだけで話そうじゃァねえか」

島蔵は、こっちへ来い、と言って、朴念を奥の座敷に連れていった。朴念との話は、忠三郎や清次に聞かせたくなかったのである。

奥の座敷といっても、汚れた畳が敷いてあるだけの狭い部屋だった。島蔵が裏稼業の密談をするときに使っていたが、常連客や土間の飯台に客が入り切れなくなったときは上げていた。

「どうしやした、あらたまって」

朴念は上目遣いに島蔵を見ながら訊いた。

「いましがた、八丁堀と造七ってえ岡っ引きが店に来てな、おめえのことを訊いてったぜ」

「へえ、そりゃァまたどうして」

朴念は怪訝《けげん》な顔をした。

「それを訊きたいのは、おれの方だ。どうやら、町方は猿島のことで、おめえを探してるらしいぜ」

島蔵は風間とのやり取りをかいつまんで朴念に話してやった。

「そいつは妙だ」

朴念の口元に浮いていた笑いが消えた。細い双眸《そうぼう》に切っ先のようなするどいひかりが宿っている。腕利きの殺し人らしい面《つら》である。

「おめえ、猿島を殺ったとき、だれかに見られたんじゃァねえのか」

「それはねえ」

朴念ははっきり言った。

「大川端で、芸者がおめえを見かけたそうだぜ」

「芸者……」

「どうなんだい？」

「そう言えば、猿島を尾けてるとき、二人連れの芸者と擦れ違ったが……」

「そのとき見られたんだな」

「だがよ、おれが猿島を殺ったのは分からねえはずだぜ。芸者と出会ったのは駒形町だ。おれと稲十とで猿島を殺ったのは、諏訪町なんだ。芸者に分かるはずはねえ。それに、猿島の死骸も揚がってねえんだぜ」

「たしかに妙だ」

町方には、猿島が殺されたかどうか分からないはずだ。それを、風間は朴念が猿島を殺したことを知っていて、行方を追っているような口振りだったのだ。

「とにかく、おめえにはしばらく身を隠してもらう」

島蔵が語気を強めて言った。

このまま朴念が極楽屋にとどまれば、すぐに風間の手先につきとめられる。そうなれば、島蔵の裏稼業も露見するだろう。

「身を隠すったって、どこへ」

朴念は渋い顔をした。この男は、切羽詰まった気持ちにはなっていないようだ。

「おれの知り合いに請人になってもらい、長屋にでももぐり込め」

島蔵は、吉左衛門に請人を頼もうと思った。吉左衛門は、表向き柳橋に店を持つ料理屋の主人なのだ。

「それに、その頭を何とかしねえとな。目立っていけねえ」

坊主頭は目立ち、その風貌とあいまって他人に強く印象付けるのだ。島蔵は、前から殺し人として相応《ふさわ》しくない格好だと思っていた。

「髷《まげ》を結うには、毛が足りねえ」

朴念が坊主頭を撫《な》でながら言った。

「いっそのこと、てかてかに剃《そ》っちまえ」

「坊主が長屋に住むのはおかしいぞ」

「坊主じゃァねえ」

医者か宗匠にでも化ければいいと思った。島蔵がそのことを言うと、

「おれは、和歌《うた》や俳句も知らねえし、医者の真似もできねえ」

朴念は、困惑したように顔をしかめて言った。

「なに、馬医者とでも言っておけばいい。長屋に馬を連れてきて、診《み》てくれという者はいねえよ」

朴念の風貌なら馬医者が似合っている、と島蔵は思った。

さっそく、島蔵は剃刀《かみそり》で朴念の頭を剃り、極楽屋を塒にしている者から、袖無しと

かるさんを借りて着せた。だいぶ古い継ぎ当てのある衣装だが、朴念にはそれが似合って長く着込んだ雰囲気をかもしだした。

「これなら、馬医者で通るだろう」

島蔵が満足そうに言った。

第二章　報復

1

ヒタヒタと足音がついてくる。

――だれか尾《つ》けてくる！

と気付いた稲十は、ふいに後ろを振り返った。

すると、スッと暗い人影が動き、道沿いに連なる表店の軒下闇に吸い込まれるように消えた。一瞬しか見えなかったが、町人体であることが分かった。ただ者ではない。身のこなしに獣を思わせるような敏捷《びんしょう》さがあった。

――おれを狙《ねら》っているようだ。

稲十は察知した。

だが、逃げるつもりはなかった。正体は知れないが、相手は町人である。稲十はこんなときのために、ふところに匕首《あいくち》を呑んでいたのだ。

町木戸のしまる四ツ（午後十時）ごろだった。稲十は本所緑《みどり》町、竪川《たてかわ》沿いの道を歩いていた。竪川にかかる三ツ目《みつめ》橋のたもとにある小料理屋で飲んだ帰りだった。お勝《かつ》という稲十の情婦《いろ》がやっている店である。

前方に二ツ目《ふため》橋が見えてきた。竪川沿いの道は、ひっそりとして人影はなく、足元から川の流れの音が聞こえていた。頭上に弦月があり、川面に銀色の絹のような淡いひかりを映していた。風のない静かな夜である。

――まだ、尾けてきやがる。

川の流れの音に混じって、かすかな足音が聞こえていた。

稲十は同じ歩調で歩いた。尾行者が襲ってくれれば、匕首を抜いて返り討ちにしてやるつもりだった。

左手前方に二ツ目橋が迫ってきた。夜陰のなかに黒い橋梁が、ぼんやりと見えている。

背後の足音がしだいに大きくなり、接近してきたように感じられた。

もう一度、稲十は振り返って見た。黒装束の男が道のなかほどを歩いていた。今度は身を隠そうとしなかった。黒の半纏に黒股引。顔も黒布で頰っかむりして隠していた。すこし前屈みで足早に近付いてくる。獲物に迫る獣のようである。

男は十間ほど距離をとっていた。どういうわけか、それ以上接近しようとはしなかった。

稲十は視線を前方に移した。

――だれかいる！

二ツ目橋のたもとの柳の陰に人影があった。

樹陰のため黒い輪郭がかすかに識別できるだけで、男なのか女なのかも分からない。夜鷹かもしれねえ、と稲十が思ったとき、ふいに人影が樹陰から出てきた。

――侍だ！

月光に浮かび上がった人影は刀を差していた。牢人らしく、総髪だった。中背で痩せた感じがする。

牢人は稲十の行く手をはばむように、川沿いの道のなかほどに出てきた。そのとき、急に背後の足音が大きくなった。走り寄ってくるらしい。

――挟み撃ちだ！

稲十は察知した。

前方の牢人は、後方の町人体の男と組んで稲十を挟み撃ちにするつもりで待ち伏せていたにちがいない。

前方の牢人も駆け寄ってきた。足が速い。地をすべるように接近してくる。逃げられない、と稲十は思った。

「てめえたち、殺し人か!」

稲十が怒鳴った。

辻斬《つじぎ》りや追剝《おいは》ぎの類《たぐい》ではない。金や女がらみの恨みとも思えなかった。稲十の正体を知っていて、仕掛けてきたのだ。だれかの依頼による殺しとみていい。

ふたりは無言だった。前後から急迫してくる。

「殺《や》られてたまるかい!」

稲十はふところから匕首を抜いた。

足をとめて、対峙したのは牢人だった。三十代半ばであろうか。面長で鼻梁が高い。蛇を思わせるような切れ長の細い目をしていた。唇が血を含んだように赤い。

牢人は下段に構えた。切っ先が地面に触れるほど刀身を下げている。構えに覇気や闘気が感じられなかった。両肩を落とし、ゆったりと構えている。

一方、町人体の男は稲十の左手後方に立っていた。素手のままである。身を引いて、ふたりの戦いの様子を見ているようだ。

つ、つ、と牢人が身を寄せてきた。刀身を足元に垂らしているだけに見えるが、下から突き上げてくるような威圧があった。

稲十は匕首を前に突き出すようにして身構えた。何とか牢人の斬撃をかわして胸元に飛び込むつもりだった。

しだいに、牢人との間合がつまってきた。牢人はゆったりと構えている。気合も発せず、息の音も聞こえなかった。静かに、身を寄せてくる。

牢人の寄り身がとまった。稲十には読めなかったが、一歩踏み込めば切っ先のとどく斬撃の間境に立ったようだ。

ピクッ、と牢人の切っ先が動いた。

刹那《せつな》、牢人の全身からするどい剣気が疾《はし》った。

——突きだ！

感知した稲十が脇へ跳ぼうとした瞬間、牢人の体が躍動した。

同時に、牢人の足元から閃光が逆袈裟に疾った。

一瞬の斬撃である。牢人は突きと見せて刀身を返しざま逆袈裟に斬り上げたのだが、稲十にはその太刀捌きは見えなかった。

切っ先が稲十の右の脇腹から入り、肩先へ抜けた。

着物が裂け、肌に血の線が疾った次の瞬間、肉がひらき、肋骨が截断《せつだん》された。血が迸《ほとばし》り出て、見る間に稲十の半身が真っ赤《まか》に染まった。

稲十は獣の咆哮のような叫び声を上げてよろめいた。そのままたたらを踏むように泳ぎ、前につんのめって転倒した。稲十は喉のつまったような呻き声を上げ、両手を地面について身を起こそうとした。だが、力が出ないのであろう。ガクリと肘を折って前につっ伏し、もう一度身を起こそうとしてつっ伏した。その後は伏臥したまま四肢を動かしていたが、やがて力尽きたのか動かなくなった。

「どうしやす？」

町人体の男が牢人のそばに来た。

「土手にでも、蹴落としておけ」

牢人は表情も動かさずにそう言うと、稲十の着物の袖口で刀身の血をぬぐって納刀した。赤い唇の端に酷薄な嗤《わら》いが浮いている。

「ざまァねえや」

町人体の男が、稲十を竪川の土手へ蹴落とした。

ふたりは、両国橋の方へ足早に去っていく。だれもいなくなった夜気のなかに、血の濃臭がただよっている。

2

「旦那、おりやすかい」

腰高障子のむこうで声が聞こえた。

孫八《まごはち》である。孫八は表向き屋根葺《ふ》き職人だが、島蔵を元締めとする殺し人のひとりだった。敏捷《びんしょう》で、匕首を巧みに遣う。平兵衛が殺しを引き受けたとき、孫八と組むことが多かった。それというのも、孫八は探索や尾行も巧みだったからである。

平兵衛は研ぎかけの石堂是一を脇に置いて立ち上がった。この日、まゆみは緑町のお鶴《つる》という寡婦のところへ裁縫を習いに行っていて長屋にはいなかった。

「どうしたな」

平兵衛は上がり框のそばまで出てきた。

障子をあけて土間に立った孫八は、

「旦那、稲十が殺られやしたぜ」

と、声をひそめて言った。

「吉左衛門どののところの稲十か」

平兵衛は島蔵たちと笹屋で会った後、一度極楽屋へ行き、島蔵から猿島殺しに稲十もくわわったことを聞いていた。

「へい」

「だれに殺られたのだ」

「分からねえ。いまごろ、稲十の死骸《おろく》を町方が調べているはずですぜ。行ってみますかい」

「場所は？」

「二ツ目橋のたもとでさァ」

「うむ……」

近いので行ってみたかったが、まゆみの行き先からも近かった。しかも、まゆみの帰りの道筋でもある。鉢合わせということにもなりかねない。

戸口の障子に目をやると、まだ陽射しは強かった。八ツ半（午後三時）ごろであろうか。まゆみがお鶴の家を出るのは、いつも七ツ（午後四時）過ぎである。現場で長居しなければ、まゆみと会わずに長屋にもどれそうだ。

「行ってみるか」

平兵衛は、すぐに土間へ下りて草履《ぞうり》をつっかけた。

道々、孫八に訊くと、両国橋の上で顔見知りのぼてふりに会い、二ツ目橋のたもとで人が斬り殺されていることを耳にしたという。

「そいつが、殺されたのは一吉の奉公人らしいと口にしやしてね。気になって、二ツ目橋まで行ってみたんでさァ」

孫八は現場で稲十の死体を目にし、平兵衛に知らせに来たという。

二ツ目橋のたもとに人だかりがしていた。ほとんど通りすがりの野次馬らしい。橋のたもとのせいか、大勢の人垣ができていた。

近付くと、平兵衛は人垣に視線をはしらせた。まゆみの姿がないか、確かめたのである。

幸いまゆみはいなかった。女房らしい年増はいたが、娘の姿は見当たらなかったのだ。

死体は土手の途中にあるらしく、夏草でおおわれた斜面に町方らしい男たちが集まっていた。

「旦那、風間ですぜ」

孫八が平兵衛の耳元に顔を寄せてささやいた。

定廻り同心の風間粂次郎である。風間の脇に、造七の姿もあった。風間は叢《くさむら》にかがんでいた。検屍しているらしい。

土手をすこし下りると、死体が見えた。死体は叢のなかに仰臥し、歯を剝き出して苦悶に顔をゆがめていた。

「稲十か」

「そのようで」

孫八がうなずいた。

稲十は土手際から転がり落とされたらしく、途中の雑草が倒れ、黒い血痕が付着していた。死体の着物がめくれて、胸や足があらわになっている。

「逆袈裟か……」

平兵衛がつぶやいた。

死体まですこし距離があったが、脇腹から肩にかけて深い傷が斜にはしっているのが見て取れた。右の脇腹の傷が深く臓腑が覗いていた。そのことから、下から斜めに斬り上げられたことが分かったのである。

「一太刀だな」

他に傷はなかった。下手人は剛剣の主にちがいない。逆袈裟の一太刀で稲十をしとめたのだ。

――また、震えている！

大川端で、岡っ引きの信吉の死体を見たときと同じだった。平兵衛の両手が震え出したのだ。平兵衛の胸の奥にある剣客の本能が、姿の見えない強敵を意識し、興奮し、恐れているのである。

そのとき、平兵衛は背後に近寄ってきた人の気配を感じて振り返った。右京だった。右京は平兵衛に会釈《えしやく》した後、

「下手人は手練のようですね」

と、耳元でつぶやいた。

平兵衛も、手練だと思った。稲十は匕首を巧みに遣うと聞いていた。その稲十を逆袈裟の一太刀で斃したのである。尋常な遣い手ではないだろう。

検屍が終わったのか、風間が立ち上がって、周囲にいた岡っ引きたちに近所の聞き込みにあたるよう指示した。

岡っ引きたちがその場を離れ、土手を上がり始めた。

それを見て、平兵衛たちも土手を上がって通りへもどった。岡っ引きにつかまって、訊問されたくなかったのである。

「どうするな」

橋のたもとから離れたところで、平兵衛が右京に訊いた。庄助長屋に連れていってもいいが、まゆみもいないし、茶も出せなかった。

「極楽屋へ顔を出してみますよ」

右京によると、極楽屋に行くつもりで近くまで来たとき、通りすがりの者が路傍で人が斬り殺されていると話しているのを耳にして覗いてみたのだという。

「そのうち、長屋にも寄ってくれ」

そう言って、平兵衛は右京と別れた。

平兵衛は孫八とふたりで、竪川沿いの通りを庄助長屋の方へむかった。

「旦那、風間のことを聞いてますかい」

歩きながら、孫八が訊いた。

「いや、何かあったのか」

平兵衛は笹屋で島蔵と会った後、極楽屋に行っていたが、風間たちが極楽屋に来る前だったのである。

「風間と造七が極楽屋へ来たようですぜ」

孫八は、ふたりが朴念を探していたことや島蔵が朴念を変装させて、長屋に身を隠させたことなどをかいつまんで話した。孫八は昨日、極楽屋に顔を出して島蔵から話を聞いていたのだ。

「そんなことがあったのか」

平兵衛が低い声でつぶやいた。

「風間は、猿島が殺られたことを知っていたようですぜ」

「うむ……」

厄介なことになった、と平兵衛は思った。なぜ、風間がそこまで知っているのか分からなかったが、町方の探索が島蔵の身辺にも及ぶ可能性があった。そうなれば、当然平兵衛や右京にも町方の手が伸びるだろう。

「それに、旦那、稲十が殺されたのも妙ですぜ」

「そうだな」

平兵衛もそれは感じていた。辻斬りや追剝ぎとは思えなかった。それに、喧嘩でもない。下手人は凄腕の武士なのだ。

「下手人は、あっしらと同じ殺し人じゃァねえですかね」

孫八が目をひからせて言った。

「そうかもしれん」

「旦那、だれだか見当がつきますかい」

「分からんな。相手はだれにしろ、わしらも油断ができんということだな」

何者かが、極楽屋の殺し人の命を狙っている可能性もある、と平兵衛は思った。

そんな話をしているうちに、ふたりは庄助長屋につづく路地の前まで来ていた。

「孫八、何かあったらすぐに知らせてくれ」

平兵衛はそう言って、孫八と別れた。

3

三日後、孫八が庄助長屋に姿をあらわした。その日、家にまゆみがいたので、孫八は腰高障子から顔をのぞかせて、

「片桐さまの使いで来やした。旦那は、おりますかい」

と、声をかけた。

孫八はときおり長屋に顔を見せたが、まゆみがいるときは右京に仕えている下男のような顔をして、平兵衛を呼び出すことにしていたのだ。まゆみも孫八が右京といっしょに来ることもあったので、疑わなかった。

仕事場にいた平兵衛は孫八の声を聞くとすぐに立ち上がって、上がり框のそばに出

てきた。

「片桐さんからの言伝《ことづて》か」

平兵衛がこともなげに訊いた。

「へい、ちょいと旦那に来て欲しいそうで」

「急な話だが、何かあったのかな」

「いえ、旦那に目利きしてもらいてえ刀があるとかで」

「そうか。片桐さんの頼みでは、行かぬわけにはいかんな」

そう言って、平兵衛は流し場にいたまゆみに目をやった。まゆみは濡れた手を前掛けで拭きながらふたりの話を聞いていたが、

「父上、暗くなる前に帰ってくださいね。ちかごろ、物騒ですから」

と、眉宇《びう》を寄せて言った。

緑町で稲十が殺されたのを知っていて、心配しているのだ。むろん、まゆみは稲十の名も知らなかったし、長屋の者が噂していたとおり下手人は辻斬りだと思っていた。

「おまえこそ気をつけろ。陽が沈んだら、心張り棒を忘れるな」

そう言い置いて、平兵衛は長屋を出た。

路地木戸を出て表通りを歩き始めたところで、

「どうした?」

と、平兵衛が声をあらためて訊いた。

「元締めが、すぐに極楽屋に来てくれと言ってやした」

「何かあったのか」

「留吉が殺られたようなんで」

「極楽屋の留吉か」

「へい、それが、だれかに痛めつけられたらしく、体中傷だらけなんで」

孫八が、極楽屋に寄って留吉の死体を見てきたと言い添えた。

「とにかく行ってみよう」

島蔵が平兵衛を呼んだとなると、仲間うちの喧嘩や事故ではないだろう。

八ツ(午後二時)ごろだった。夏の強い陽が頭上から照りつけ、炙《あぶ》られるように暑かった。それでも、吉永町につづく仙台《せんだい》堀沿いの道まで来ると、潮風のなかに秋の訪れを感じさせる涼気があり、汗ばんだ肌に快く染みた。

極楽屋の店先に縄暖簾は出ていなかった。いつもは腰高障子のむこうから男たちの話し声や哄笑が聞こえてくるのだが、今日はひっそりとしている。

障子をあけると、男たちの姿はなく島蔵の女房のおくらがひとり、暗い顔をして飯台に腰を下ろしていた。

「男たちは裏にいるで」

おくらは平兵衛の顔を見るなり、くぐもった声で言った。島蔵から店番をするように言われているのだろう。

平兵衛と孫八は、すぐに店の裏手にまわった。そこは雑草の茂った空地になっていたが、十人ほどの男が集まっていた。

島蔵、忠三郎、清次、裕三《ゆうぞう》、嘉吉《かきち》……、それに右京の姿もあった。男たちは雑草のなかにつっ立ち、足元に目を落としていた。どうやら男たちの足元に留吉の死体が置かれているらしい。だれもが、憤怒と悲痛の入り交じったような顔をしていた。

「まァ、見てくれ」

島蔵が鎮痛な顔で言った。

島蔵の足元を見ると、戸板に乗せられた留吉の死体が横たわっていた。何とも凄惨な姿だった。仰向けになった留吉は苦悶に顔をゆがめていた。顔の肉が破れ、幾筋もの青痣《あおあざ》や腫《は》れがあった。腰切半纏《こしきりばんてん》と股引はずたずたに引き裂かれ、どす黒い血に染まっていた。体も傷だらけである。棒や竹のような物で激しく打擲《ちょうちゃく》されたらしい。

「喧嘩か」

平兵衛が訊いた。

「ちがうな。留吉が数人の男に連れて行かれるのを見たやつがいるのだ。喧嘩なら、その場でやるだろう」

島蔵によると、木場の大鋸挽《おがひ》きが貯木場の脇の空地に連れ込まれる留吉の姿を目撃したという。留吉は極楽屋に帰る途中、男たちに待ち伏せされたようだ。その後、通りかかった極楽屋の者が、死体を見て騒いでいる大鋸挽きや貯木場の川並《かわなみ》などから話を聞き、島蔵に注進したという。

「この傷は何のためだ」

「留吉を痛めつけて何か訊き出そうとしたにちがいねえ」

島蔵が渋い顔で言った。

「拷問か」

右京が口をはさんだ。

「そうとしか思えねえ」

「留吉から何を訊き出そうとしたのだ」

平兵衛は、留吉が何か重大な秘密を知っているとは思えなかった。

「そうだな、まずおれのこと。それに、朴念のこと、極楽屋のこと……。そんなことしか思い浮かばねえ」

そう言って、島蔵が牛のような大きな目で虚空を睨んだ。

「相手はだれだ？」

平兵衛の脳裏に、朴念のことを探しに来たという風間と造七のことが浮かんだが、町方がそこまでするとは思えなかった。

「分からねえ。……大鋸挽きの話だと、留吉を連れ込んだのは遊び人ふうの男たちだったというから、町方じゃァねえかもしれねえ」

島蔵は、それに、これを見てくれ、と言って、横たわっている留吉の背に手を差し入れて持ち上げ、うつぶせにさせた。

「これは！」

思わず、平兵衛が声を上げた。

留吉の盆の窪に尖った物を突き刺したような穴があった。首のまわりは、どす黒い血に染まっている。どうやら、留吉は拷問を受けた後、この盆の窪の一撃で命を奪われたらしい。

岡っ引きの信吉の死体で見た傷と同じであった。下手人も同じとみていい。平兵衛はこのことを島蔵たちに話した。

「武器《えもの》は何でしょう」

右京は抑揚のない声で言い、留吉の死体の脇にかがんで傷口を覗いた。

「深さは二寸ほどですよ」

「先の尖った武器だが、刀でも、槍でもないな。……大鋸挽きは、何か言ってなかったのか」

平兵衛は、留吉を連れていった男たちのなかに、何か特殊な武器を遣う者がいるのではないかと思った。

「手ぶらだと言ってたが……。ただ、近くで見たわけじゃァねえんでな。はっきりしたことは分からねえだろう」

「うむ……。いずれにしろ、わしたちのことを探っている一味のなかに、変わった武器を遣う腕利きがいるということだな」

平兵衛が言った。剣客らしいするどい目をしていた。

「殺し人ですかい」

孫八が訊いた。

「そうかもしれん。それに、ひとりではない。もうひとり、剣の手練がいる。稲十を斬った下手人だ」

稲十を斬殺した者と留吉を殺した者は、あきらかに別人だった。

「何者だろう」

右京が低い声で言った。いつものように物憂い表情をしていたが、双眸には切っ先のようなひかりが宿っていた。

「ともかく、油断しねえことだな」

島蔵が居合わせた男たちに視線をまわして言った。

4

「元締め、この殺しの依頼人はおれだよ」

吉左衛門が島蔵を見つめて言った。

いつもの吉左衛門の柔和《にゆうわ》な顔が豹変していた。顔が怒張したように赭黒《あかぐろ》く染まり、双眸が熾火《おきび》のようにひかっている。

笹屋の二階に四人の男がいた。島蔵、吉左衛門、孫八、それに吉左衛門の手下の牧《まき》次郎《じろう》という若い男だった。

昨日、吉左衛門の使いが極楽屋に来て、おりいって話があるので明日一吉に来て欲しい、と知らせてきたのだ。

島蔵は尾行されることも考え、一吉で会うことを避けようと思った。そこで、笹屋で会うことにしたのである。

この日、島蔵は猪牙舟《ちょきぶね》を使った。尾行を避けるためである。極楽屋の前には掘割があり、仙台堀につづいていた。舟で仙台堀をたどれば、陸を通らずに笹屋のすぐ前の桟橋まで行くことができるのだ。

島蔵は孫八を連れて笹屋に来ると、すでに二階の座敷で吉左衛門と牧次郎が待っていた。

酒肴《しゅこう》の膳がとどき、一献酌み交わした後、

「稲十が殺られたことは知ってなさるな」

と、吉左衛門が切り出した。

「ああ」

「稲十を殺ったやつの始末を頼みてえ」

そう言って、吉左衛門は銚子を手にした。

「相手は分かるのかい」

島蔵が猪口を差し出し、酒をついでもらいながら訊いた。

「分からねえ。……だが、稲十がおれの手下と知って始末されたことはまちげえねえ。このままにしておけば、次はおれの番だろう」

吉左衛門の顔には、苦悶の翳《かげ》が張り付いていた。

「なんで、稲十やおめえが狙われるんだ」

島蔵は訊いた。

「分からねえ。ただ、ちかごろ稲十とおれがかかわった仕事は、猿島の件だけだ。そう考えりゃァ、猿島の仲間の仕返しかもしれねえ」

「うむ……」

となると、朴念と島蔵も同じ立場である。

「どうだ、やってくれるか」

「だが、分からねえ相手を殺るのはむずかしいな」

島蔵は、猪口の酒を口に含むようにして飲んだ。

「そこを何とか頼む」

「そうだな」

稲十を殺した一味は、朴念と島蔵だけでなく他の極楽屋の者も狙っている可能性がある。留吉を殺したやつらもその一味かもしれない。そうなると、吉左衛門の敵は島蔵の敵でもあった。吉左衛門の依頼がなくとも、島蔵は稲十を殺した相手を探し出して始末をつけねばならない立場である。

「受けてもいいが、いくら出す」

島蔵は転んでもただでは起きない男だった。どうせなら、吉左衛門から殺し料を取ろうと思った。

「三百両……」

「いい値だ。それでこそ、肝煎屋吉左衛門だぜ」

島蔵はニヤリと笑った。

「ただし」

吉左衛門が島蔵を見つめながら言った。

「手付け金が五十両、稲十を殺った相手をつかみ、そいつを始末したら残りの二百五十両を払うが、それで、どうだ」

「やけに、手付けがすくねえな」

相場としては、手付け金は殺し料の半分である。

「元締め、考えてみろ。おれが始末されちまったら、手付け金はただでくれてやったのと同じになる。おれが生きているうちに殺ってくれたら、残りの二百五十両を払うってことだよ」

吉左衛門もぬかりはない。島蔵の手で、自分の身を守らせるつもりなのである。

「いいだろう。おめえが死んじまったら、おれも困るからな」

島蔵は承知した。

「これで話はついた。今夜は、ゆっくりやろうじゃァねえか」

吉左衛門は目を細めて銚子を取った。

その夜、島蔵と孫八が笹屋を出たのは、四ツ（午後十時）ごろだった。すこし風があったが晴天で、十六夜の月が皓々《こうこう》とかがやいていた。

島蔵と孫八は、笹屋の斜め前の桟橋に繋《つな》いでおいた猪牙舟に乗って吉永町へむかった。

舟は小名木川から横川をたどって仙台堀へ出た。仙台堀まで来ると、極楽屋のある吉永町はすぐである。

掘割の左右に土手に群生した葦や芒などが、風にザワザワと揺れていた。掘割の水面が波立ち、銀色の月光を反射《はね》ている。

前方に要橋が迫ってきた。右手の空地の奥に極楽屋が見えている。まだ、店で飲んでいる者がいるのか、夜陰のなかにかすかに灯が洩《も》れていた。

「元締め、橋の上にだれかいやすぜ」

孫八が小声で言った。

見ると、橋の隅に黒い人影がある。男らしい。はっきりしないが、その場にかがんで顔を極楽屋の方にむけているように見えた。

「孫八、舟を脇へ着けろ。艪音《ろおと》をさせねえようにな」

島蔵が声を殺して指示した。

男は極楽屋を見張っているようなのだ。おそらく、島蔵が店を出たのを知っていて、もどってくるのを待っているのだろう。見張りの男の他に、腕の立つ者がひそんでいる可能性があった。

見張りの男は、島蔵たちの乗る舟には気付いていなかった。島蔵は男に気付かれずに極楽屋へもどろうと思った。この辺りの地形は知り尽くしていた。どこに舟を寄せられる岸があり、どこをたどれば身を隠したまま店にもどれるか分かっていた。

「孫八、あそこの石垣へ舟を寄せろ。やつに、気付かれずに店にもどるんだ」

そこは低い石垣で、舟から石垣の上に飛び移ることができる。

「へい」

孫八はすぐに舟を岸辺へ寄せ始めた。幸い、風の音が艪音を消してくれた。舟が石垣に着くと、島蔵は石垣へ飛び移った。孫八は近くにあった舫杭《もやいぐい》に舟を繋いでから飛び下りた。

島蔵たちは、丈の高い雑草に身を隠しながら迂回《うかい》して、店の裏手の古刹《こさつ》の杜《もり》を抜けて店へもどった。

「元締め、やつの跡を尾けてみやしょうか」

極楽屋にもどったところで、孫八が言った。獲物を追う野犬のような目をしている。

「近くに仲間がいるはずだ」

島蔵が警戒するような目をして言った。

「見つかるようなへまはしませんや」

そう言うと、孫八は裏手から出ていった。見張り役の目を逃れるためである。

孫八は店の裏手の杜を抜け、丈の高い雑草に身を隠しながら掘割沿いをつたって要橋へ近付いた。

男は橋の隅に腰を下ろし、極楽屋に目をやっている。島蔵が言ったとおり、店を見張っているようだ。

──ただ者じゃァねえ。

と、孫八は思った。

男は黒の腰切半纏に同色の股引、草鞋《わらじ》履きだった。黒布で頬っかむりしている。身辺に闇にひそむ野獣のような雰囲気がある。

孫八は雑草のなかに身を沈めた。男が見張りを諦めて塒《ねぐら》へ帰るのを待って、尾行するつもりだった。

それから半刻（一時間）ほどすると、ふいに男が立ち上がった。いっとき立ったまま極楽屋に目をむけていたが、諦めたらしく仙台堀沿いの道を大川の方へむかって歩きだした。

足が速い。それに、男の黒装束は闇に溶けて、その姿を見極めるのもむずかしかった。孫八は物陰や軒下闇をつたいながら慎重に男の跡を尾けた。

前方に掘割にかかる吉岡《よしおか》橋が見えてきた。その橋のたもとに人影があった。夜陰のなかにぼんやり見える人影は刀を帯びていた。それに、総髪らしいことが分かった。牢人であろう。中背で痩せているように見えたが、風貌までは分からない。

黒装束の男は立ちどまって牢人と何か言葉をかわしたようだったが、すぐにふたりは歩き出した。大川の方へむかっていく。

――やつは仲間だ。

孫八は直感した。

しばらく歩き、ふたりは仙台堀にかかる海辺橋の手前を右手にまがった。町家の間に細い路地があるらしい。

そこは西平野《にしひらの》町だった。仙台堀沿いの表店は板戸をしめ、洩れてくる灯もなく寝静まっている。

孫八は走った。ここで、ふたりの姿を見失いたくなかった。

路地の角まで走って、板塀に身を寄せて路地を覗いてみた。

――いねえ！

路地の先に、ふたりの姿がなかった。狭い路地で両側に表長屋や小体な店が軒を連ねていた。どこか別の路地へまがったか、通り沿いの家へ入ったかである。

孫八は、路地沿いにつづく家々の軒下闇に身を隠しながら足早に路地を歩いた。どこにもふたりの姿はなかった。細い路地がいくつかあったが、深い闇にとざされ、人影はまったくなかった。

――消えちまったぜ。

まかれたのか、それとも見失ったのか、孫八には分からなかった。ただ、これ以上、ふたりを探しまわるのは危険だと感じた。尾行してきたことが相手に知れれば、襲われるかもしれない。

孫八は、明日出直そうと思った。いずれにしろ、ふたりの塒はこの近くにあるような気がしたのである。

5

曇天で風があった。川面を渡ってきた風が肌寒く感じられる。まだ日中だというのに、町筋は薄暗く、人影もまばらだった。

平兵衛は竪川沿いの道を歩いていた。めずらしく、ふところには五両の金が入っていた。頼まれていた石堂是一を研ぎ終え、長谷川家へとどけた帰りだった。研ぎ代は五両。家宝の名刀の研ぎ代としてはすくないが、平兵衛は渡されるままに受け取ってきた。平兵衛のような名もない研ぎ師にとって、五両の研ぎ代は安くなかったのである。

平兵衛が庄助長屋につづく路地木戸の近くまで来ると、路傍に立っていた若い男が足早に近寄ってきた。極楽屋を塒にしている清次である。

「わしに何か用かな」

平兵衛は立ちどまった。

「へい、親爺さんの使いで来やした。極楽屋に来て欲しいそうです」

清次は長屋を覗いたが平兵衛の姿がないので、ここで待っていたことを言い添えた。

「急ぎの用かな」

「そのようで」

清次は思いつめたような顔をしていた。目ばかりが異様にひかっている。この前、極楽屋で見かけたときも同じような顔をしていた。島蔵から、清次は八丁堀同心の風間と岡っ引きの造七に強い恨みをいだいていると聞いていたが、それが胸にあるらしい。

「行こう」

平兵衛は長屋にもどらず、このまま行く気になった。まだ、八ツ（午後二時）ごろだった。夕餉《ゆうげ》前には長屋にもどれるだろうと踏んだのである。

極楽屋の縄暖簾をくぐると、島蔵がすぐに奥の座敷に案内した。そこに孫八の姿はあったが、右京と朴念はいなかった。平兵衛が座敷に腰を落ち着け、島蔵が運んできた茶をすすって喉《のど》をうるおしたところへ、右京が顔を出した。

「酒は、話がすんでからにしてくだせえ」

そう言って、島蔵が腰を下ろした。どうやら、朴念は呼んでいないらしい。

「集まってもらったのは、ほかでもねえ。殺しを頼みてえんで」

島蔵が声を低くして言った。牛のように大きな目が底びかりし、殺し人の元締めらしい凄味のある顔をしていた。

「依頼人は」

平兵衛が訊いた。

「肝煎屋吉左衛門、本人だ」

「どういうことだ？」

吉左衛門は殺しの斡旋人である。何か特別の理由があってのことであろう。

「稲十が殺られたのは、知ってやすね」

「知っている」

平兵衛が言うと、孫八と右京がうなずいた。

「吉左衛門は、稲十の次は自分の番だとみているようだ。そこで、殺られる前に殺る、と腹をくくったらしい」

「うむ……」

平兵衛も、稲十を斬ったのは武士とみていた。それも手練である。何者か分からないが、容易な相手ではないはずだ。

「吉左衛門の他に、もうひとり依頼人がいる」

島蔵がけわしい顔で言った。

「だれだ」

「おれだよ。……おれも、殺しを頼みてえ」

「同じ相手なのか」

右京が訊いた。

「おそらく同じだ。それに、ひとりではないかもしれねえ」

島蔵は、極楽屋を塒にしている留吉が殺されたあと、得体の知れない男が極楽屋を見張っていたことを話し、

「どうも、元締めとしてのおれや、おまえさんたち殺し人を狙っているような気がするんだ。それも、腕利きがふたり……」

と、底びかりのする目で虚空を睨みながら言った。

「稲十を斬った剣の手練。それに、留吉を殺った先の尖《とが》った武器を遣う者だな」

平兵衛が言った。何者かは知れぬが、ふたりの腕利きが跳梁《ちょうりょう》していることは、平兵衛もつかんでいた。

「ふたりに、覚えはないのか」

平兵衛が訊いた。長年、殺し人の元締めとして生きてきた島蔵なら知っているかと思ったのである。

「ない」

島蔵が視線を落として言った。

「それにしても、なぜ肝煎屋や地獄屋の者を狙うのだ」

右京が訊いた。

「おれにも、分からねえ。ただ、そいつらにとって、おれたちが邪魔なのは確かだ。そいつらの仕事のさまたげになったか、おれたちが、そいつらの仲間を殺したか……」

「ちかごろの仕事は、猿島彦四郎だけだな」

右京がつぶやくような声で言うと、

「猿島殺しの依頼を持ってきたのは、吉左衛門だ。それに、猿島を殺った朴念が真っ先に探られているし、手引きをした稲十も殺られている」

　島蔵が低く唸るような声で言った。

「朴念を探りにきたのは、町方の風間と岡っ引きの造七だそうだな」

　右京が念を押すように訊いた。

「そうだ、風間と造七もからんでいるかもしれねえ」

「八丁堀の同心までか」

　右京が驚いたような顔をした。

「前にも話したように、岡っ引きの信吉が殺られたのは、留吉と同じ武器だ」

　平兵衛が言った。

　信吉は留吉と同じ下手人の手にかかったとみていいだろう。

「信吉という岡っ引きは、風間の手先じゃァねえのか」

「ちがうようだ。わしが聞いたところでは、信吉は殺される前、何かを探っていたようなのだ」

「てえことは、信吉も稲十と同じように、やつらの邪魔になったので殺られた。ちがいやすかね」

　黙って聞いていた孫八が口をはさんだ。

「そうかもしれん。それにしても、一味を動かしているのは何者であろう」

平兵衛は、背後に黒幕がいるような気がした。それも、町方や殺し人など、何人もの徒党を陰で動かしている巨魁である。

「まだ、はっきりしたことは分からねえ。裏で指図しているのはだれなのか、おれにも見えねえんだ……。とてつもねえやつが、裏で動いてるような気がする」

島蔵の顔がゆがんだ。めずらしいことであった。島蔵が見えない敵を恐れ、苦悶しているのだ。島蔵も敵の巨魁が、ただ者でないと察知しているからであろう。

つづいて口をひらく者がいなかった。座敷は重苦しい沈黙につつまれている。

「いずれにしろ、稲十を殺ったやつを見つけ出して斬ることだ。……それで、三人に殺しを頼むのだ」

島蔵が語気を荒くして言った。

「いいだろう、受けよう」

右京が言った。

平兵衛は迷った。これまで、相手が知れない殺しを請け負ったことはなかった。平兵衛は殺しを受けるときは、ことのほか慎重だった。相手の素性や腕のほどを知ってからでないと殺しを引き受けなかった。その慎重さがあったからこそ、この歳になるまで殺し人として生きてこられたのである。

だが、今度の場合はそうも言ってられなかった。平兵衛が殺しを断っても、相手から仕掛けてくる可能性が高いのだ。それに、今度の場合、殺しの仕事というより、まだ見えてない一味と島蔵を元締めとする殺し人たちとの戦いといってもいいだろう。

「わしも、受けよう」

平兵衛は請け負うしかないと思った。脇にいた孫八も、あっしも受けやすぜ、と言って承知した。

「相手は何人かはっきりしねえが、殺し料はここにいる三人で四百五十両。ひとり、百五十両だ」

島蔵が重いひびきのある声で言った。

どうやら、百五十両は島蔵のふところから出すらしい。

「前金は、五十両ずつだ」

三人で百五十両ということになる。吉左衛門の前金は都合五十両だから、百両は島蔵が出すのだろう。それでも、前金は依頼料の半金が相場だったから、かなりすくないことになる。

「ただし、おれが先に殺されちまったら、残りの殺し料は払えねえ」

島蔵はそう言って、うす笑いを浮かべた。おれが殺られる前に殺ってくれ、と吉左衛門と同じことを言ったのである。

「朴念はどうするな」

平兵衛が訊いた。

「様子を見て、あの男にもくわわってもらうつもりだ。あれで、なかなか腕は立つからな」

島蔵が、ふところから巾着を取り出して言った。前金にする金が入っているらしい。

6

「おれに、手甲鈎の遣い方を教えてくれ」

清次が思いつめたような顔で言った。

朴念の住む浅草元鳥越町の裏店である。極楽屋を出た朴念は吉左衛門に請人になってもらい、辰右衛門店《たつえもんだな》という棟割り長屋に住むようになったのだ。深川から浅草に移ったのは、風間と造七に住処《すみか》を探られないためである。

清次はときおり島蔵の使いで辰右衛門店に来ていて、朴念と話すようになった。歳も性格もちがうが、境遇は似ていた。ふたりとも、天涯孤独《てんがいこどく》の身だったのだ。

朴念は清次を極楽屋を塒にする仲間のひとりとしかみていなかったが、清次の方は朴念に特別な関心をもっていた。ふたりの境遇が似ていたことにくわえて、清次は朴念の遣う手甲鈎に憧れと畏怖《いふ》を感じていたのである。

この日、島蔵の使いで長屋に来た清次は、朴念の太い腕を見て、自分も手甲鈎の遣い方を覚えたいと思ったのだ。

「よせよせ」

朴念はいつものようにうす笑いを浮かべながら言った。

「こんな物、覚えたって何の役にも立ちゃァしねえよ」

朴念はふところから手甲鈎の入った革袋を取り出した。

「そいつなら、刀や匕首にも負けねえ」

清次は目をひからせて言った。

「おめえ、親の敵《かたき》を討ちてえんだってな」

朴念は極楽屋の者たちから、清次が風間と造七を親の敵とみてひどく恨んでいると聞いていたのだ。

「おれの両親《ふたおや》は、風間と造七に殺されたも同じなんだ」

清次は吐き捨てるように言った。

「これを習って、敵を討つつもりなのか」

「そうだ。その熊のような爪で、ふたりの喉笛を掻っ切ってやるんだ」

「おめえにゃァ無理だ」

朴念がそっけなく言った。

「どうしてでえ？」

「手を出してみろ」

朴念がそう言うと、清次は怪訝《けげん》な顔をしたが、おずおずと右手を朴念の前に出した。

ムズ、と朴念が清次の手首を握りしめた。大きな掌《て》、太い指、万力のような力である。

「い、痛え！」

悲鳴のような声を上げて、清次は手を抜こうとしたが、びくともしない。朴念の上腕に太い根のような筋肉が盛り上がっている。

「その気になりゃァ、このまま腕の骨をへし折ることもできるぜ」

そう言って、朴念は手を離した。

「おお、痛え。なんてえ、力だ。本物の熊みてえだ」

清次は右手を振りながら、驚いたように目を剝いた。

「腕にこのくれえ力がねえと、刀や匕首にかなわねえんだ」

事実だった。敵の斬撃を手甲鈎で受けるためには、並外れた腕力が必要だった。くわえて、並外れた跳躍力と敏捷さがなければ、長い刃物を持った敵に太刀打ちできない。瞬時に、敵のふところに踏み込まねばならないからである。

「…………」

清次は言葉を失っていた。失望の色が、その顔をおおっている。自分には無理だと思ったようである。

「でもよ、親の敵は討てるかもしれねえぜ」

朴念はいつもの人の良さそうな笑いを浮かべて言った。消沈している清次がかわいそうになったのである。

「おれが手を貸してやってもいい」

朴念は、自分でも風間と造七を始末しなければならないと思っていた。それというのも、猿島を始末した後、すぐに風間と造七が極楽屋に自分のことを探りに来たと聞いたときから、猿島と風間はつながっていたのかもしれないと気付き、ふたりを始末しないと自分が殺られると思ったのである。

しかも、昨日、ひょっこり島蔵が長屋に姿を見せ、

「あらためて、おめえに殺しを頼みてえ」

と言って、平兵衛や右京たちと話したことをかいつまんで伝え、

「とりあえず、稲十と留吉を殺したやつを探し出して、始末してくれ」

と、依頼されたのだ。

「おれは、風間と造七がからんでるような気がするんだ」

朴念がそう言うと、島蔵は否定しなかった。

「風間は町奉行所の同心だが、風間が稲十と留吉を殺った一味だと分かったら殺してもかまわねえか」

朴念が訊くと、

「殺しの仕事に同心も奉行もねえ。ばれなけりゃァかまわねえよ」

島蔵が殺し人の元締めらしい凄味のある声で言った。

そうした島蔵からの依頼もあって、朴念は風間と造七は自分の手で始末するつもりでいたのである。

清次の顔に喜色が浮いた。朴念が両親の仇《あだ》を討つのに手を貸してくれるというのだ。清次にとって、朴念ほど力強い味方はいなかった。

「ありがてえ、朴念の兄いが手を貸してくれりゃァすぐに敵が討てる」

清次が声を上げた。

「そう、うまくはいかねえ。風間と造七を殺しゃァおめえの気はすむかもしれねえが、相手は町方の同心だ。だれが殺ったかばれりゃア、おれとおめえだけじゃァねえ。元締めをはじめ、安田の旦那や片桐の旦那も打ち首獄門だぜ」

「…………」

清次の顔がこわばった。

「やつらが稲十と留吉の殺しにかかわったことをつかんだ上で、だれにも分からねえように始末するんだ」

朴念が清次を見すえながら言った。顔の笑いが消えていた。頭を丸めた顔に、細い目が刺すようなひかりを宿している。風変わりな殺し人らしい不気味さがあった。

「へ、へい」

清次が蒼ざめた顔でうなずいた。

「そこで、おめえに頼みがある」

朴念が声をあらためて言った。

「しばらくおれの手引き役をしてくれ」

朴念は、風間と造七を殺すのは清次の敵討ちの助勢というより殺し人としての仕事だと思っていた。

「やりやす！」

清次が意気込んで言った。

「それじゃァ、手引き料を渡さねえとな」

そう言うと、朴念はふところから巾着を取り出し、十両つかみ出した。朴念は猿島の殺し料にくわえて、島蔵から新たな殺しの手付け金をもらっていたのだ。

「こ、こんなに！」

清次は目を剝いた。

「だが、命懸けの仕事だぜ」

「わ、分かっていやす」

清次は両手を伸ばして金をつかんだ。

「しばらく、造七を尾けてみろ。留吉と稲十を殺したやつと、どこかでつながってるはずだ」

「へ、へい……」

清次は金を握りしめたままうなずいた。

清次の気負い込んだ顔を見て、朴念は急に顔をやわらげた。そして、いつもの腑抜けのような笑いを浮かべると、

「無理をするんじゃァねえぜ。遠くから、尾ければいいんだ」

と、急にやさしい声で言った。

7

平兵衛と孫八は、深川佐賀《さが》町の大川端を歩いていた。初秋の陽射しが川面を照らし、波の起伏にあわせて金箔の筋のようにかがやいていた。そのひかりのなかを猪牙舟や屋根船がゆったりと行き交っている。

前方に大川にかかる永代《えいたい》橋が見えていた。橋上を行き来する人々の姿が、米粒のようである。

「信吉の妻女はいるかな」

平兵衛が訊いた。

平兵衛と孫八は、殺された岡っ引きの信吉の家へ行くところだった。平兵衛は信吉が何を探っていて殺されたのか、それを知りたかった。信吉が使っていた下っ引きに訊けば、ある程度分かるのではないかと思い、下っ引きの名と住処《すみか》を訊くために信吉の家へ行くことにしたのだ。

信吉は、深川佐賀町で女房に蓑田屋《みのだや》というそば屋をやらせていると聞いていた。

「いるはずですぜ。店を切り盛りしてるのは、お松《まつ》という女房だと聞いてやしたから」

孫八がまぶしそうに目を細めて言った。

八ツ半（午後三時）ごろだった。まだ、陽は頭上にあり、強い陽射しが照り付けていた。ただ、大川の川面を渡ってきた風には秋の訪れを感じさせる涼気があり、それほど暑いとは感じなかった。

佐賀町の町筋をしばらく歩いたところで、孫八が、

「旦那、あの店のようですぜ」

と言って、前方を指差した。

店先に「二八《にはち》そば」と記された看板が出ていた。店はひらいているらしく、暖簾も下がっている。信吉が死んで一月《ひとつき》以上経つので、商売を始めたのであろう。

「どうしやす」

孫八が訊いた。いっしょに店に入るか、訊いているのである。

「せっかくだ。そばを食おう」

ふたりは暖簾を分けて店に入った。

土間の先が追い込みの座敷になっていて、数人の客がそばをたぐっていた。奥にも座敷があるようだったが、そこには客がいないらしくひっそりとしていた。

ふたりが追い込みの座敷の隅に腰を下ろすと、小女が注文を訊きにきた。色白のぽっちゃりした娘である。

平兵衛は小女にそばと酒を頼んだ後、

「女将《おかみ》さんかな」

と、声をかけた。ちがうと分かっていたが、わざと訊いたのである。

「やだ、あたし、まだ十六なんだから」

小女は豊頰《ほうきょう》を桃のように染めて言った。

「いや、器量がいいせいか、もうすこし年上に見えるな」

平兵衛は心にもない世辞を言った後、

「ところで、孫七《まごしち》はいまも店にいるかな」

と、訊いた。脇にいる孫八の顔を見て、咄嗟《とっさ》に頭に浮かんだ名である。

「孫七さん……。そんな人知らないけど」

小女は怪訝な顔をした。

「孫七という名ではなかったかな、亡くなった信吉親分の下で働いていた男で、この店にも出入りしていたはずなんだが」

平兵衛は、下っ引きならかならず親分の家へ出入りしていたはずだと思い、そう訊いたのである。

「仙次郎《せんじろう》さんのこと」

「そう、仙次郎だ。いまも、店に来るのかな」

「もう、来ないけど。……親分が亡くなったから」

小女は急に顔を曇らせて足元に視線を落とした。

「そうか。つまらんことだが、仙次郎に訊きたいことがあってな。どこに行けば会えるかな」

「相川町の津田屋《つだや》さん、知ってますか？」

小女が顔を上げた。

すると、脇にいた孫八が、

「船宿かな」

と、訊いた。

「そう、津田屋さんの脇を入ってすぐの突き当たりに長屋があって、そこが仙次郎さんの家ですけど」

そう言うと、小女は慌てて頭を下げ、ふたりのそばを離れた。そのとき、戸口から大工らしい格好をした客が入ってきたからである。

平兵衛と孫八は、とどいた酒とそばをゆっくりと味わってから腰を上げた。途中、女房のお松も顔を出したが、何も訊かなかった。仙次郎に訊けば、様子が分かるだろうと思ったのである。

店の外へ出ると、孫八が、

「旦那も、てえしたもんだ。うまく、聞き出しやしたね」

と、感心したように言った。

「なに、当てずっぽうに訊いたことが、うまくいっただけだ。次はこうはいかぬ」

平兵衛は照れたように言った。

「ところで、どうしやす、仙次郎は」

孫八が訊いた。

「そうだな。ここから先は孫八に頼むかな」

仙次郎は、小女のように簡単には聞き出せないだろう。それに、場合によっては尾行も必要になる。平兵衛は、聞き込みや尾行の巧みな孫八にまかせた方がいいと判断したのだ。

「承知しやした。それじゃァ、あっしがこれから」

孫八はそう言い残し、小走りに相川町の方へむかった。相川町は大川端を川下にむかえば、すぐである。

平兵衛は、孫八の姿が遠ざかるまで見送っていたが、きびすを返して本所の方へ歩きだした。

陽は西の空にまわり、蜜柑《みかん》色の夕陽が大川の川面を染めていた。その夕陽のなかを、仕事を終えたぼてふり、風呂敷包みを背負った行商人、町娘、子供連れの女房などが行き交っていた。

8

「ごめんよ」

孫八は腰高障子をあけた。

仙次郎の住む長屋である。長屋の名は勘兵衛店《かんべえだな》。井戸端でおしゃべりをしていた女房たちに仙次郎のことを訊くと、いま長屋にいるはずだと言うので、どの部屋なのか聞いてきたのである。

戸口の土間の先に六畳の座敷が一間あるだけの棟割り長屋だった。その座敷に、寝転がっていた男が、慌てた様子で身を起こした。

「な、なんでえ、おめえは」

男がとがった声を出した。

歳のころは二十二、三。痩せて頬がこけ、唇が黒ずみ、病人のような顔をした男だが、声には張りがあった。

「仙次郎さんですかい」

「そうだよ」

仙次郎は立ち上がった。病気ではないらしい。

「あっしは、むかし信吉親分の世話になった七兵衛《しちべえ》という者でしてね」

孫八も頭に浮かんだ偽名を使った。

「それで?」

仙次郎は上がり框《がまち》のそばに胡座《あぐら》をかいた。

「あっしも、四ツ谷《よや》の方でお上の御用をしてたことがあるんだが、信吉親分が殺られたことを耳にしやしてね。どこのどいつが、あんないい親分を殺ったのかと腹が立って、様子だけでも聞いてみようと思い足を運んできたわけなんで。……それで、下手人は分かったんですかい」

孫八は適当な作り話をした。

「それが、分からねえのよ」

仙次郎は苦渋に顔をしかめた。

「目星ぐれえは、ついてるんでござんしょ」

「そ、それが、目星もついていねえんだ。辻斬りに殺られたってえ噂はあるんだが……」

仙次郎が苦しげに言った。

「辻斬りですかい。そいつは妙だ。信吉親分は刀じゃァなく、何か先の尖った物で後ろから刺されたと聞いてますぜ」

「そうなんだが……」

「信吉親分は、恨みをかってたんじゃァねえんですかい。親分は悪党とみると、お縄にしねえと気がすまねえところがありやしたからね」

「そんな様子はなかったが」

「それで、信吉親分は殺られる前、何を探っていなすった。仙次郎さんなら、親分から話を聞いてるはずだ」

孫八が聞きたかったのは、このことである。

「おれも、はっきりしたことは知らねえんだが、強請《ゆすり》らしい」

「強請ですかい」

孫八は白《しら》けたような顔をした。もっと大きな事件がからんでいるような気がしていたのである。

孫八の拍子抜けしたような顔を見た仙次郎が、

「強請でも、ちゃちな強請じゃァねえぜ。日本橋室町《にほんばしむろまち》の太物《ふともの》問屋、藤沢屋《ふじさわや》を知ってるかい」

と、意気込んで言った。

「藤沢屋といやァ、名のある大店だ」

孫八は知っていた。藤沢屋は室町の表通りに土蔵造りの店舗を構え、三十人以上の奉公人を使っている大店である。

「その藤沢屋を強請ったやつがいるのよ。百や二百のはした金じゃねえようだぜ。そいつを親分は嗅ぎ出して洗ってたのよ」

仙次郎は得意そうな顔をした。

「それで、強請ってたのはだれです？」

「おれには、分からねえんだ。……おれに話す前《めえ》に、あんなことに」

仙次郎は、急に悲しげな顔をして視線を落とした。感情の起伏が激しいが、悪い男ではないらしい。

「するってえと、強請ってたやつらが口封じに信吉親分を」

孫八は、ありえると思った。

「何とも言えねえ。それに、藤沢屋は強請られた覚えはねえと言うし、八丁堀の旦那も見当ちがいだと言って取り合わねえし……」

仙次郎は信吉が殺された後、藤沢屋に行ってそれとなく聞いてみたという。主人の徳兵衛《とくべえ》はそんなことはないと言って取り合わなかったそうである。

「八丁堀の旦那というのは？」

「北町奉行所の風間《きた》さまだ。親分を殺した下手人を探索してるのが風間の旦那なんで、藤沢屋のことも話してみたんだが、取り合ってくれねえ」

「そうですかい」

風間が取り合わないのは、藤沢屋の件は伏せておきたいからではあるまいか。とすれば、信吉殺しの件でも、風間がからんでいる可能性がある。

「ところで、仙次郎さんも狙われたことがあるんですかい？」

孫八が訊いた。

「おれは、ねえ。一度、尾けられたことはあるがな」

「へえ、それで、どんなやつでした」

「どんなやつだって訊かれてもな。後ろから来るのを見かけただけだし……。黒っぽい腰切半纏姿で、やけにはしっこかったな」

「下は黒っぽい股引でしたかい」

「そうだよ」

「…………」

やつだ！　と、孫八は直感した。

要橋のところで極楽屋を見張っていた男である。そいつが、信吉を殺ったかもしれねえ、と孫八は思った。

それから、あらためて藤沢屋を強請っていた相手のことを訊いてみたが、それ以上役に立つような話は聞けなかった。

「仙次郎さん、信吉親分のことで何かあったら寄らせてもらうよ」

そう言って、孫八は巾着から一分銀を取り出して仙次郎に渡した。親分に死なれて、食扶持《くいぶち》にも困っているだろうと思ったからである。

「ありがてえ。恩に着るぜ」

仙次郎は一分銀をつかんでほっとした顔をした。寝転がっていたのは、腹が減っていたせいかもしれない。

第三章　鳶口《とびぐち》

1

店先の掛行灯《かけあんどん》が、淡いひかりを落としていた。小料理屋らしい小体な店で、掛行灯には「ふくや」と記してあった。

ふくやは、浅草瓦《かわら》町にあった。千住《せんじゅ》街道から路地を一町ほど入った角である。小料理屋や一膳めし屋などが目につき、陽が沈んでもちらほら人影のある通りだった。

清次は、ふくやの戸口の見える天水桶の陰にいた。そこは店仕舞いした酒屋の脇で、ふくやとは斜向かいになっていた。

清次は風間にしたがって巡視していた造七の跡を尾け、ふくやに入るのを見たのである。近所の住人にそれとなく訊くと、ふくやは造七の妾《めかけ》のお島《しま》がやっている店だという。造七の住処は深川にあるが、頻繁にふくやにも足を運んでいるようである。

今日、造七は風間の巡視についてまわり、ふくやには七ツ（午後四時）ごろ入っていた。清次が造七の跡を尾け、この場にひそんで一刻半（三時間）ほど経つが、造七はふくやに入ったまま一度も姿を見せていなかった。

もっとも、跡を尾けてきたときは通りの表店はあいていたし、人通りも結構あったので、すこし離れた稲荷の祠《ほこら》の陰からふくやの店先に目をやっていたのだ。その後、人通りがすくなくなってからこの場に来たのだが、いまも造七は姿をあらわさなかった。

——今夜は、出てこねえのかな。

清次は欠伸《あくび》を噛《か》み殺して、店先に目をむけていた。

そのとき、店先の格子戸があいた。一瞬、客か、と思ったが、掛行灯のひかりに浮かび上がった顔は造七であった。

清次が見間違えそうになったのも無理はない。造七は小紋の小袖に絽羽織《ろばおり》という商家の旦那ふうの格好をしていたのだ。

——今夜はなにかあるようだ。

と、清次は思った。造七の身装《みなり》は、自分が岡っ引きであることを隠すためであろう。

店先から路地へ出た造七は、足早に千住街道の方へむかった。

清次は尾け始めた。清次は焦茶《こげちゃ》の半纏に黒股引という闇に溶ける身装《みなり》で来ていたが、半町ほども距離をとって尾けた。朴念から、間をとって尾行するように指示されていたからである。

いい月夜だったので提灯《ちょうちん》はなくとも歩けたし、前を行く造七の姿を見失うこともなかった。

造七は千住街道へ出て浅草御門の方へ歩いたが、すぐに右手にまがって大川の方へむかった。

造七が入ったのは、柳橋の三崎屋《みさきや》という老舗《しにせ》の料理屋だった。

二階の座敷の明りが通りを照らし、三味線の音、嬌声、酔客の笑い声などが賑《にぎ》やかに聞こえていた。通り沿いには料理屋や料理茶屋が軒を連ね、華やいだ雰囲気につつまれている。

清次はすこし離れた板塀の陰に身を寄せた。そこは店仕舞いした表店の板塀で、三崎屋からは半町ほども離れていた。

いっとき、清次は板塀の陰から三崎屋の店先を見ていたが、やがて諦めて通りへ出てきた。ひどく疲れていた。午後から、一日中尾けまわしていたのだ。それに、腹もへっていた。七ツ過ぎに、ふくやの近くのそば屋で、かけそばを腹につめ込んだだけだったのだ。

今夜は帰ろう、と思い、通りから三崎屋を振り返ったとき、二刀を帯びた武士が店に入っていくのが見えた。

――あいつ、風間かもしれねえ。

と、清次は思った。

武士は黒羽織に袴姿で御家人か江戸勤番の藩士といった格好だったが、その体軀《たいく》が風間とよく似ていたのである。

清次は、いっとき武士が入っていった三崎屋の戸口を見ていたが、諦めて歩きだした。いずれにしろ、これ以上張り込みをつづけるのは無理だった。

翌日、陽が高くなってから、清次は元鳥越町へ足をむけた。朴念に、これまでのことを話しておこうと思ったのである。

朴念は座敷でめしを食っていた。丼に盛り上げためしをかっ込んでいる。膝先には梅干の入った小鉢と湯飲みがあるだけだった。湯飲みには茶ではなく、水が入っているらしい。

「清次、おまえも食うか。炊きたてのめしはうまいぞ」

朴念は梅干をかじり、めしを頰張っては汁がわりに水を飲んだ。

豪快な食べっぷりである。巨漢の上にてかてかの坊主頭、地蔵のような丸顔。妖怪の入道といった感じがする。

「遠慮しやす。極楽屋で食ってきやしたから」

そう言って、清次は上がり框に腰を下ろし、朴念の食事が終わるのを待った。

いっときすると朴念は食い終え、空になった丼や小鉢を土間の流し場に運んでから、

「さて、話を聞こうか」

と言って、上がり框に腰を下ろした。

「昨日、造七を尾けやしてね」

そう前置きして、清次はふくやから三崎屋へ尾けたことを話し、風間らしい男が店に入ったことも言い添えた。

「三崎屋が、一味の密会場所になってるのかもしれねえなァ」

朴念は何か考えているらしく、いっとき虚空に視線をとめていたが、

「風間の他にだれがいっしょだったか、分からねえんだな」

と、念を押すように訊いた。

「へい、昨夜はそれで帰《けえ》りやしたんで」

「これから、ふたりで三崎屋へ行くか」

朴念が清次に顔をむけて声を大きくした。

「また、造七を尾けるんですかい」

「そうじゃァねえ。三崎屋の者から聞き込むんだ」

朴念によると、昨夜、造七がだれといっしょに飲んだのか、三崎屋の女中か包丁人に訊けば分かるはずだというのだ。

「うまく話が聞き出せますかい」

清次は不安そうに朴念を見た。女中などは、朴念の姿を見ると怖がって逃げ出すのではないかと思ったのである。

「なに、金さえつかませれば、どうにでもなる」

そう言うと、朴念は部屋の隅にある柳行李《やなぎごうり》をあけて、頭巾《ずきん》のようなものを取り出して頭にかぶった。角頭巾《すみずきん》である。どこかで買い求めてきたらしい。角頭巾は医師、法師、俳人などがかぶる頭巾である。巨軀で、丸顔の朴念によく似合っていた。

「どうだ、これなら医者らしく見えるだろう」

朴念は得意そうな顔をした。

「へい」

清次は笑みを浮かべた。

「人の命を助ける医者が人殺しだとは思うまい」

「まったくで。……ところで、おれは、このままで?」

清次が訊いた。

「おれに仕えている奉公人とでも、名乗ってくれ」

「奉公人ね」

清次は、下働きでもしていることにしようと思った。

四ツ(午前十時)ごろだった。いまから柳橋に行くのは早かったので、昼過ぎまで部屋で過ごしてから長屋を出た。

途中、そば屋で腹ごしらえをしてから柳橋にむかったので、三崎屋に着いたときは陽が沈みかけていた。

2

三崎屋の店先には打ち水がしてあり、暖簾も出ていた。まだ、客はすくないらしく静かだったが、格子戸をあけると、すぐに女将らしい年増が姿を見せた。

「いらっしゃい」

年増は愛想よく迎えたが、目には戸惑いの色があった。朴念の巨漢と風変わりな格好にどう対応していいのか迷っているふうだった。

「わしは、ネンボクという町医者でな。病人の脈を取ってばかりなので、気晴らしに三崎屋のお女中の脈を取ってみたいと思った次第だ。こちらの若いのは、わしの供じゃ」

朴念はとぼけたことを言った。ネンボクは朴念を逆さにしただけである。もっとも、名前などどうでもいいので、年増は聞き直しもしなかった。

「まァ、ご冗談を」

女将の顔から戸惑いが消えた。朴念のとぼけた物言いが、かえって遊び慣れた客だと思わせたのかもしれない。

「静かな座敷がいいのだがな」

そう言って、朴念はふところに手を添えた。金はある、とそれとなく伝えたのである。

「はい、はい、静かな座敷にご案内いたしますよ」

女将はふたりを二階へ案内した。

桔梗《ききょう》の間という隅の座敷だった。八畳の間である。床の間に山水の掛け軸がかけてあった。一階の帳場や板場から離れているせいもあって足音や話し声が聞こえず、ひっそりしていた。

朴念は座敷に腰を落ち着けると、

「実はな、わしは八丁堀の風間どのと懇意にしておってな。風間どのから、三崎屋の料理はうまいから一度行ってみろと言われ、こうしてな」

と、もっともらしく言った。

「まァ、そうでございますか。風間さまは、昨夜もいらっしゃいましたよ」

女将は機嫌よく言った。

「そうか。風間どのも、この店がよほど気に入ってるとみえる。……そうだ。どうせなら、昨夜、風間どのについたお女中を呼んでいただけぬかな。風間どのが贔屓《ひいき》にしているお女中の顔をおがんでみたいからな」

朴念は、風貌に似合わず巧みに話をもっていった。

「まァ、いやですよ。風間さまは、そんな浮いた方じゃァありませんから」

「ともかく、話の種に呼んでみてくれ。それとも、女将かな。風間どののお目当ては」

朴念は上目遣いに女将の顔を見ながら言った。

「ちがいますよ。お滝《たき》さんです。……それじゃァお滝さんを呼びますから、よォく、顔をおがんでいってくださいな」

そう言い置くと、女将はそそくさと座敷から出ていった。

いっときすると、ふたりの女中が酒肴の膳を運んできた。そのひとりが座敷女中のお滝だった。色白の年増である。客扱いには慣れているらしく、すぐに朴念の脇に座り、

「おひとつ、どうぞ」

と言って、銚子を取った。

朴念は盃《さかずき》の酒を飲み干した後、おもむろに財布を取り出し、小判を一枚つまみだすと、

「よろしくな」

と言って、お滝の襟元から乳房の谷間に差し込んでやった。風貌に似合わず、朴念は女の扱いに長《た》けているようである。街道を流れ歩きながら、女郎屋へも頻繁《ひんぱん》に顔を出したのであろう。

「あら、くすぐったい」

お滝は指先で胸元を押さえながら、媚《こ》びたような笑みを浮かべて朴念の胸に肩先を寄せた。初会の客にしては愛想がいい。金が利いたらしい。

清次は脇でひとり、白《しら》けた顔をして手酌で飲んでいた。清次の方は、こうした席の経験がなかったのである。

朴念はお滝の肩先に手をまわしながら、

「お滝さんに、手は出せぬぞ。なにしろ、風間どのの馴染《なじ》みのようだからな」

そう言って、銚子を取って、お滝に酒をついでやった。

「いやだ、昨夜《ゆうべ》、たまたまお席についただけですよ。それに、四人いっしょでしたからね。浮いた話など、まったくありませんでしたよ」

お滝が口をとがらせて言った。

「四人もいっしょだったのか」

朴念は驚いたような顔をした。

「ええ、お武家さまがおふたり、それに大店の旦那がおふたり」

お滝はそう言って、盃の酒をうまそうに飲み干した。

「武家が、風間どのの他にもいたのか」

「ええ、ご牢人のようでしたけどね」

「だれかな。風間どのに、牢人の知己はいないはずだが」

朴念は首をひねった。何とか、名を聞き出そうとしたのである。

「相模《さがみ》さまとおっしゃってましたけど……。無口な方でしてね。風間さまともあまり話さなかったようですよ」

「相模か……」

朴念には覚えがなかったが、島蔵に訊けば分かるかもしれないと思った。

「ところで、大店の旦那というのは？」

朴念が声をあらためて訊いた。ひとりは、造七のはずである。商家の主人を名乗ったのであろう。

「善兵衛《ぜんべえ》さんと金右衛門《きんえもん》さん」

「ほんとに、善兵衛と金右衛門なのか。そんな名は、聞いたことがないぞ」

偽名らしい、と朴念は思った。

「でも、善兵衛さんはときどき店にも来ますし、日本橋で米問屋をしてるってお話ですよ」

「米問屋な。三十がらみで、顎のとがった男か」

朴念は、島蔵から聞いていた造七の人相を口にした。

「そう、その方ですよ」

「やはりそうか。となると、金右衛門は四十代で大柄な男だな」

朴念は当てずっぽうに訊いてみた。

「四十代だと思うけど、大柄ではないですよ。どちらかと言えば、小柄でお痩せになっている方ですけど」

お滝の顔に不審そうな表情が浮いた。朴念の問いが、執拗《しつよう》過ぎると感じたのかもしれない。

「わしの思いちがいか」

「ねえ、風間さまのことはそのくらいにして、楽しく飲みましょうよ」

お滝はあまえるような声で言うと、銚子を取って朴念についでやった。

それから朴念は時候のことや深川の岡場所のことなど、たわいもないことを話題にしていたが、ときおり風間や連れのことを持ち出し、巧みにお滝から話を聞き出していた。

その結果、小柄で痩せた男は日本橋で料理屋をやっているらしいことが分かった。

それに、風間とは別に、大店の旦那と三崎屋に来たこともあるようだ。

それから一刻（二時間）ほどして、朴念と清次は三崎屋を出た。ふたりで五両も取られた。もっとも、朴念のふところは温かかったので、それほどの痛手ではないようだ。

翌日、辺りが夜陰につつまれてから、朴念は極楽屋に足を運んだ。三崎屋で聞き込んだことを島蔵に訊いてみようと思ったのである。

朴念が相模のことを口にすると、

「相模兼十郎《けんじゆうろう》か」

島蔵は顔をけわしくして言った。

島蔵によると、相模は凄腕の殺し人だが、江戸の闇世界でも知っている者はまれだという。島蔵自身、名を耳にしたことがあるだけで、一匹狼の殺し人なのか、それとも元締めの許で仕事をしているのかも分からないという。

「上州や武州を流れ歩いて人を斬り、江戸には七、八年前に流れてきたと聞いているがな」

島蔵が視線を虚空にとめたまま言った。

「その相模が、おれたちの相手か」

「はっきりはしねえが、まず、そうみていい。それにしても、風間と造七が相模とくっついてるとはな。いったい、どういう結びつきだい」

島蔵が吐き捨てるように言った。

「風間が黒幕かな」

朴念が訊いた。

「ちがうな。風間や相模を裏で動かしているやつがいるはずだ」

「もうひとり、小柄で痩せた男がいやしたが」

朴念は、四十代で料理屋をやっていることなどを言い添えた。

「分からねえ。いずれにしろ、もうすこし探ってからだな」

島蔵が目をひからせて言った。

3

——来たな。

孫八が戸口から入ってきた男に手を上げた。

孫八は、日本橋伊勢《いせ》町にある樽政《たるまさ》という一膳めし屋の飯台にいた。孫八は日本橋室町にある藤沢屋周辺で聞き込み、利根助《とねすけ》という下働きの男が樽政によく顔を出すと聞き、ここ三日ほど通って利根助と顔見知りになったのだ。

利根助は五十代半ばで、鬢《びん》や髷には白髪が混じっていた。陽に灼《や》けた顔には、老人特有の肝斑《しみ》も浮いている。藤沢屋には二十年以上も奉公し、店の内情もよく知っているとのことだった。

これまで、孫八は利根助と同じ飯台に腰を下ろして話をしたが、主人の家族や奉公人のことなどをそれとなく訊いただけで、強請《ゆすり》のことは持ち出さなかった。もうすこし、親しくなってから訊こうと思ったのである。

「ここに、腰をかけねえ」

孫八は尻をずらして長床几をあけた。

「すまねえなァ」

利根助は、孫八の脇に腰を下ろした。

「酒かい。それとも、めしが先かい」

孫八が訊いた。

「酒だな」

利根助が目を細めて言った。酒好きな男のようである。

孫八は利根助のために、酒を頼んでやった。今日は酒を飲ませて、強請のことを聞き出そうと思ったのである。

とどいた酒を小半刻（三十分）ほど酌み交わした後、

「それで、藤沢屋の景気はどうだい」

と、話を切り出した。

「あいかわらずだ。内証はいいように見えるだろうが、あれでなかなか苦しいんだぜ」

利根助がもっともらしい顔で言った。だいぶ、酒がまわってきたようで顔が赭黒《あかぐろ》くなっていた。口も軽くなってきたようである。

「そういえば、妙な話を聞いたんだがな」

孫八が急に声をひそめた。

「妙な話ってえなァ何でえ」

利根助も身を乗り出してきた。興味を持ったらしい。

「おめえ、藤沢屋のことなら知らねえことはねえんだろう」

「あたりめえよ。旦那の尻《けつ》が青《あえ》えころから奉公してるんだぜ」

利根助は顎を突き出すようにして言った。

「それなら訊くが、藤沢屋じゃァとんだ災難だったそうじゃァねえか」

「何の話だい？」

「大きな声じゃァ言えねえが、強請だよ」

孫八は利根助の耳元に顔を寄せて、小声で言った。

「強請だと」

利根助の顔に驚いたような表情が浮き、

「おめえ、どうしてそんなこと知ってるんだい」

と、訊いた。声に不審そうなひびきがあった。

「おれの近所に、藤沢屋に出入りしてる呉服屋があるのよ。そこの番頭と顔見知りでな、この前《めえ》飲んだとき、そんな話を耳にしたのよ」

孫八は適当に言いつくろった。

「番頭さんに、話しちゃァいけねえって言われてるんだが、知ってるんじゃァ隠してもしょうがねえな。……実はな、倅《せがれ》の文治郎《ぶんじろう》さんのことで、金を強請られたってことだ」

利根助はそう言って、猪口を手にした。

すかさず、孫八は酒をついでやりながら、

「てえしたもんだ。やっぱりおめえは藤沢屋の主《ぬし》だな。よく知ってるじゃァねえか」

と、利根助を持ち上げた。

「それほどでもねえよ」

「藤沢屋ほどの大店を強請るとなりゃァ、そこらの雑魚《ざこ》じゃァむりだ。いったい、どんなやろうだい、藤沢屋を強請ったのは」

孫八が身を寄せて訊いた。

「知らねえ。いくらおれでも、そこまでは知らねえよ」

利根助は慌てた様子で、猪口の酒を飲み干した。

孫八は、もうすこしやってくれ、と言って、空になった猪口に酒をつぎながら、

「おめえにも分からねえのか。それにしても、そいつは店に来てあるじと会ってるんだろう。おめえ、見かけたこともねえのかい」

と、残念そうに訊いた。

「見たことはあるぜ。……痩せた小柄な男だが、目付きの鋭いやつでよ。なかなかの貫禄だったぜ」

そう言って、利根助はあおるように猪口の酒を干した。

「武家じゃァねえんだろ」

「町人よ。四十五、六の男でよ。京橋《きようばし》の方で、料理屋をやってるってことだ」

「なんてえ、店だい」

「な、名は知らねえや。……だがよ、店にはあまりいねえらしいぞ。情婦《いろ》にやらせてるって、話だからな」

利根助はだいぶ酔ってきたらしく、すこし呂律《ろれつ》が怪しくなってきた。しかし、その分饒舌《じょうぜつ》になり、何でも話しそうだった。

「倅のことで、強請られたってことだが、何があったんだい」

「それが、道楽息子でよ。料理屋の女中を孕《はら》ませちまったというんだな。それでよ、男が乗り込んで来て、腹の子を堕《お》ろすから五百両出せと凄んだそうだぜ」

「ご、五百両だと」

孫八は目を剝《む》いた。桁外れの要求である。

「そうよ。あるじは、そんな大金出せるか、と言ってつっぱねたそうだ。……ところがよ、翌日、薄気味悪い牢人を連れてきて、女中を孕ませた上に、おれの顔もつぶした、都合千両出せ、と言ったそうだぜ」

「ひでえこと言うじゃァねえか」

「そ、それだけじゃァねえ。……十日以内に五百、さらに十日置いて五百。出さなければ、まず、手始めに奉公人をひとり殺し、次に文治郎さんを殺し、最後にあるじを殺すと言やァがったんだ」

興奮してきたらしく、利根助の声が震えてきた。

「おめえ、やけにくわしいな」

利根助は、自分が脅されたかのようによく知っていた。

「あるじがな、おまえの道楽でひどい目に遭《あ》っている、と泣きながら文治郎さんに訴えてるのを、障子の陰で聞いちまったのよ」

「それで、くわしいのか。でもよ、何で町方に話さねえんだ」

当然、あるじの徳兵衛は町方に助けを求めるはずである。

「それが、できねえらしいんだ。造七親分のところへ、手代を使いにやったらしいんだが、その手代が行ったまま姿を消しちまってな。いまだに、行き方知れずなのよ。……その翌日、あるじのところへ、今度、町方に知らせようとすれば、さらに五百両上積みすると言ってきたそうだぜ」

「………！」

造七もぐるだ、と孫八は察知した。

それから、小半刻（三十分）もすると、利根助は酔って呂律がまわらなくなってきた。利根助もそれ以上知っていることはないらしく、話を聞いても同じことの繰り返しなので、孫八は利根助が飲んだ分も払って店を出た。

4

翌日、孫八と平兵衛は京橋に出かけた。藤沢屋を強請っているという男の正体をつきとめるつもりだった。

孫八が、利根助から聞き込んだことを平兵衛に話すと、

「明日、わしもいっしょに京橋へ行こう」

と言って、ふたりで出かけてきたのである。

京橋に着いたのは、七ツ（午後四時）ごろだった。ふたりは手分けして、京橋付近で聞き込んだがそれらしい店はなかった。

「本湊町《ほんみなと》まで行くと、何軒か料理屋があるそうですぜ」

孫八が聞き込んできたことを平兵衛に伝えた。

本湊町は八丁堀川の河口から江戸湊にかけてひろがる地で、石川《いしかわ》島と佃《つくだ》島がすぐ目の前である。この辺りは、埋め立てられた地で鉄砲洲《てっぽうず》とも呼ばれている。

「行ってみよう」

ふたりは、すぐに本湊町へむかった。八丁堀川沿いの通りには、風呂敷包みを背負

った店者、行商人、船頭、大八車を引く人足などが行き交っていた。川や海が近いせいか、船荷を扱う男たちが目に付く。

風のない日で、江戸湊は凪《な》いでいた。白い帆を張った大型の廻船が、青い海原のなかをゆっくりと航行している。

本湊町へ入って、通りかかった船頭に、料理屋のことを聞くと、鉄砲洲稲荷のそばに、松代屋《まつしろや》という料理屋があるとのことだった。

鉄砲洲稲荷は、八丁堀川の河口にある稲荷で、すぐそばに八丁堀に渡る稲荷橋があった。

行ってみると、松代屋はすぐに分かった。京橋からの道沿いにあり、稲荷のすぐそばだった。二階建ての料理屋で、まだ新しい店のように見えた。

店のことを聞いてみようと思い、ふたりは近所の酒屋に入った。酒屋なら、松代屋とも取引があるのではないかと思ったのである。

孫八が店先に顔を出した親爺に袖の下をつかませ、

「松代屋のあるじの名が分かるかい」

と、訊いた。

「利兵衛《りへえ》さんですよ」

ほっそりした五十がらみの親爺は、怪訝《けげん》そうな顔で言った。筒袖にかるさん姿の平兵衛と孫八の組み合わせが、腑に落ちなかったのかもしれない。

「小柄で痩せたひとかい」

孫八はかまわず訊いた。

「そうですが……。親分さんですか」

親爺は、孫八を岡っ引きと思ったのかもしれない。

「おれたちは町方じゃァねえよ。実は、この方の娘さんが行き方知れずでな。松代屋で女中をしてたって噂を耳にして、訪ねて来たってわけよ」

孫八は適当に言いつくろった。

「娘さん、なんという名です？」

本気にしたらしく、親爺の方から訊いてきた。

「お房《ふさ》ともうすが、その名で店に出てはいまいな。言いたくはないが、駆け落ちなのだ」

平兵衛が脇から渋い顔で言い添えた。

「さようでございますか」

「それで、女将《おかみ》さんはどんな人だい」

孫八が訊いた。

「お篠《しの》さんといいましてね、色白でふっくらした年増の方です」

「ちがうようだな。お房はどちらかと言えば痩せているし、色白ではないからな」

平兵衛ががっかりしたように言った。

「ところで、松代屋は新しいようだが、いつごろから店を始めたんだい」

また、孫八が訊いた。

「五年ほど前ですよ。それまで、古い料理屋があったんですがね。利兵衛さんが居抜きで買い取って、いまのように建て替えましてね。そのとき、屋号も松代屋に変えたんですよ」

「ところで、利兵衛さんは本湊町に来るまでどこにいたんです」

脇から、平兵衛が訊いた。

「品川《しながわ》だと聞いてますよ」

親爺によると、利兵衛は品川の店で使っていたという重蔵《しげぞう》という番頭格の奉公人といっしょに、本湊町に来て松代屋を始めたのだという。もっとも、利兵衛は店の切り盛りをお篠と重蔵にまかせ、ときどき通ってくるだけだという。

「利兵衛さんには、別に家があるのかい」

平兵衛に代わって、孫八が訊いた。

「あるらしいですよ。わたしは、どこにあるか知りませんけどね。ここの店に顔を出すのは月に五、六日といったところでしょうか」

そう言って、親爺は口元にうす笑いを浮かべた。目に好色そうなひかりがあった。どうやら、お篠は利兵衛の情婦《いろ》らしい。

利兵衛は情婦のところへ月に五、六日だけ通ってくるということなのだろう。

「お房がいたのは、別の店かもしれんな」

平兵衛がそう言い、ふたりは親爺に礼を言って酒屋を出た。それ以上、親爺から聞くこともなかったのである。

「さて、どうするな」

平兵衛が酒屋からすこし離れたところで訊いた。

「今日のところは、ここまでにしますかい」

孫八が上空を見上げて言った。

すでに、陽は西の家並のむこうに沈み、町筋は淡い暮色に染まっていた。見ると、松代屋の二階からも明りが洩れ、客がいるらしく男の笑い声が聞こえてきた。

平兵衛と孫八は、八丁堀川にかかる稲荷橋を渡って八丁堀へ出た。さらに歩き、日本橋へ出たところでふたりは別れ、平兵衛は両国橋を渡って相生町へもどった。一方、孫八は新大橋を渡って深川へ出た。それぞれの塒に帰ったのである。

翌日、ふたりは京橋で待ち合わせ、ふたたび本湊町へむかった。孫八が松代屋に通いで勤めているという女中をつかまえて話を聞くと、名は分からぬが八丁堀同心と手先が店に来ることがあるとのことだった。

「風間と造七ですぜ」

孫八が目をひからせて言った。

「そのようだな」

「松代屋が、一味の巣になってるかもしれやせんね」

「となると、利兵衛という男が黒幕かもしれんな」

平兵衛は、殺し人や風間をあやつっているのは松代屋の主人の利兵衛ではないかと思った。

「あっしも、そう思いやすぜ」

「いずれにしろ、利兵衛や風間の他に一味の者がこの店に姿をあらわすのは、まちがいないだろう」

「あっしが、しばらく張り込みやしょうか」

孫八が言った。孫八は、平兵衛が遠方まで足を運んでくるまでもないと思ったようだ。

「そうだな。ともかく、今日のところは帰ろう」

すでに、辺りはうす暗くなっていた。それに、平兵衛はすこし疲れていた。それに、昨日今日と歩きまわったせいか、足腰が痛んだ。年のせいか、無理をするとすぐに体にくる。

「いっそのこと、造七あたりをふん縛って、口を割らせたらどうですかね」

歩きながら、孫八が言った。

「それも手だが、造七は朴念たちが探っているようなのだ。……それに、清次が親の敵《かたき》を討ちたがっているようだからな。造七のことは、朴念たちにまかせよう」

平兵衛は、島蔵から朴念と清次が造七と風間を尾けまわしていることを聞いていたのだ。

5

平兵衛と孫八は鉄砲洲稲荷の前を通って、稲荷橋のたもとまで来た。すでに辺りは淡い夕闇につつまれ、通り沿いの表店は板戸をしめている。行き来する人の姿もまばらで、稲荷橋付近は強い潮風が吹いていた。

ふたりが橋の上まで来たときだった。

「孫八、後ろの男、どうも様子がおかしい」

と、平兵衛が小声で言った。

平兵衛は稲荷の前を通りかかったときから、半町ほど後ろを歩いてくる男に気付いていた。黒の半纏に股引姿で、手ぬぐいで頬っかむりしている。一見、船頭か職人のように見えるが、平兵衛はその姿に獲物を追う獣のような気配を感じ取っていた。

「やつは、極楽屋を見張っていた男ですぜ」

孫八が声を殺して言った。身装《みなり》はちがったが、その歩く姿に見覚えがあったのである。

「わしらを尾けているのか」

平兵衛はそうではないような気がした。

男は身を隠そうとしないのである。物陰に姿を隠すことなく、道のなかほどを歩いてくるのだ。

「いずれにしろ、やつはひとりだ。仕掛けてきたら、返り討ちにしてやりやしょう」

孫八は後ろを見ずに言った。

「この手を見ろ、孫八」

平兵衛は右手をひらいて孫八の前に差し出した。

「旦那、手が震えてやすぜ」

孫八が驚いたような顔で言った。

「そうだ。わしの手が何かを恐れているのだ。やつの他に、だれかいるかもしれんぞ」

平兵衛の体が何かを恐れ、異様に昂《たかぶ》っていた。背後から来る町人体の男だけなら、恐れるはずはない。どのような相手か知れないが、敵はひとり味方はふたりである。平兵衛が本能的に恐れているのは、他に敵がいることを感知しているからなのだ。

「旦那、あそこにだれかいやす！」

稲荷橋を渡り終えたところで、孫八が上ずったような声で言った。

見ると、亀島《かめじま》川沿いの柳の陰に人影があった。ちょうどそこは、八丁堀川と亀島川が合流する場所になっていて、岸辺に寄せる波音が絶え間なく聞こえていた。

人影は二刀を帯びていた。中背で、総髪である。

「あの男、相模兼十郎かもしれんぞ」

平兵衛は島蔵から相模のことを聞いていた。人相も体軀も分からなかったが、直感的に思ったのだ。

「橋の両側から、挟み撃ちってことかい」

孫八はふところに右手をつっ込んだ。匕首を呑んでいるのだろう。

「孫八、後ろのやつもできるぞ」

平兵衛は、先の尖った武器を遣うもうひとりの殺し人ではないかと思った。

「おもしれえ、むこうが殺し人なら、あっしらも地獄で生きてる殺し人だ」

孫八がドスの利いた声で言った。殺し人らしい剽悍な面《つら》に変わっている。

「孫八、やつの遣う武器に気をつけろ。間合を取って、仕掛けるのはやつが何を遣うか見極めてからにしろ」

「へい」

「それに、隙《すき》を見て逃げるんだ。やつら、侮《あなど》れぬぞ」

ふたりは、平兵衛たちが殺し人と承知しているにちがいない。その上で、殺《や》れると踏んで仕掛けてきたのだ。

それに相手がどんな武器を遣い、どのような刀法を遣うのかも分かっていなかった。不利な状況のなかでは、何とかして戦いを避けるのが平兵衛のやり方である。

「旦那、きやすぜ！」

孫八が声を上げた。

ほぼ同時に、前後のふたりが足早に近付いてきた。

「孫八、後ろのやつを頼む」

平兵衛は牢人体の男を相手にするつもりだった。

「へい」

孫八が匕首を抜いて、きびすを返した。孫八も匕首を巧みに遣い、殺しにも慣れていた。簡単に殺られることはないだろう。

平兵衛は孫八から三間ほど離れて、近付いてくる牢人体の男と対峙《たいじ》した。

男は三間ほどの間合を取って、足をとめた。三十代半ばであろうか。中背で細身。面長で鼻梁が高く、蛇のような細い目をしていた。

「相模兼十郎か」

平兵衛が誰何《すいか》した。

男の顔に、ハッとした表情が浮かんだ。図星だったようだ。

それでも、すぐに表情を消し、

「うぬは、極楽屋の殺し人か」

と、低い声で訊いた。

「極楽ではなく地獄だよ。わしらは、地獄に棲《す》む鬼だ」

言いざま平兵衛は抜刀した。まだ、手が震えている。敵の腕や刀法が分からないこともあって、怯《おび》えと気の昂りが治まらないのである。

「老いた鬼だな」

相模の口元にうす嗤《わら》いが浮いた。

平兵衛の姿は、老いて頼りなげな老爺に見える。それに、相模は平兵衛が震えているのを見たのであろう。この相手なら、斬れると自信を持ったにちがいない。

「わしの剣、受けてみるか」

平兵衛は刀身を左肩に担ぐように逆八相に構えた。

平兵衛は若いころ、金剛流《こんごうりゅう》を学んだ。金剛流は富田《とだ》流小太刀《こだち》の流れをくむ一派で、小太刀から剣、槍、薙刀《なぎなた》まで教授する総合武術であった。

平兵衛はこの金剛流の刀法を独自に工夫した「虎《とら》の爪《つめ》」と称する必殺剣を会得していた。

逆八相に構えたまま、敵の正面にするどく身を寄せる。すると、一気に間をつめられた敵は、背後に引くか、面に斬り込んでくるしかない。敵が引けば、なお踏み込み、面にくれば敵の刀身を撥ね上げ、袈裟に斬り下げるのである。

敵の右肩にあびせた強い斬撃は、鎖骨と肋骨を截断して左脇腹へ抜ける。大きくひらいた傷口から、截断された肋骨が覗き、それが猛獣の爪に見えることから、虎の爪と称していた。

「妙な構えだな」

相模がつぶやいた。真剣勝負で、逆八相に構える者はあまりいないのである。

対する相模は下段に構えた。切っ先が地面に触れるほど低い下段である。両肩を下げ、ゆったりと構えている。

6

そのとき、孫八は町人体の男と対峙していた。

男は素手だった。およそ三間の間合を取って、両手をだらりと下げてつっ立っている。頬っかむりした手ぬぐいの間から、底びかりのする双眸が孫八を見すえていた。

夜陰のなかで獲物を見つめる夜禽《やきん》のような目である。顎《あご》がとがり、黒ずんだうすい唇をしていた。歳は三十代であろうか。頬っかむりで顔を隠しているせいもあって、はっきりしなかった。

「おめえの名は」

孫八は匕首を前に突き出すように構えながら訊いた。

「鳶《とび》とでも、覚えときな」

くぐもった声で言うと、男は右手を後ろにまわし、棒のような物を取り出した。帯の後ろに挟んであったようだ。

——鳶口《とびぐち》！

棒の端に鳶の嘴《くちばし》のような鉄製の鉤《かぎ》をつけた物である。火消しや人足が、建物を壊したり、物をひっかけて運んだりするときに使う道具である。

——これか！

孫八は、留吉の盆の窪にあった尖った物で突き刺したような傷は、鳶口によるものだと察知した。

おそらく狙った相手の背後から近寄り、すれちがいざま盆の窪に一撃みまって仕留めたのであろう。

「こいつで、おめえの頭をぶち割ってやらァ」

そう言って、男は白い歯を見せた。笑ったようである。

男は右手に持った鳶口を耳の辺りに構えたまま、すこし前屈みの格好で間をつめてきた。忍び足のような足運びである。男の身辺には、多くの者を惨殺してきた不気味さがただよっている。異様な威圧があった。

孫八は、すこしずつ後じさった。男の異様な威圧に圧倒され、腰が引けていたのだ。

一方、平兵衛は逆八相に構えたまま相模と向き合っていた。

——妙だな。

と、平兵衛は感じた。相模の構えには覇気がなく、殺気も感じられなかった。ぬらりと立っているだけに見える。

つ、つ、と相模が間合をつめてきた。覇気のない構えだが、下から突き上げてくるような威圧がある。

身を寄せながら、相模の剣尖《けんせん》がすこしずつ上がってきた。下から突き上げてくる威圧はこの剣尖の動きのせいかもしれない。

——敵が斬撃の間境に迫る前に、仕掛けろ!

多くの修羅場をくぐってきた平兵衛の勘が、そう言っていた。相模に先に仕掛けられたら、斬撃を浴びると感知したのである。

突如、平兵衛が動いた。

イヤアッ!

裂帛《れっぱく》の気合を発しざま、平兵衛は素早い寄り身で斬撃の間に迫った。

一瞬、相模の顔に驚愕《きょうがく》の表情が浮いた。遠間から一気に仕掛けてくるとは思っていなかったのであろう。

だが、すぐに相模の顔から表情が消え、全身からするどい剣気が疾《はし》った。

次の瞬間、相模の切っ先が平兵衛の下腹部に伸びたように見えた。

かまわず、平兵衛は身を寄せて袈裟に斬り下ろした。虎の爪である。

刹那、相模の体が躍動し、閃光《せんこう》が逆袈裟に疾った。突きと見せて刀身を返し、逆袈裟に斬り上げたのである。

キーン、という甲高い金属音がし、青火が散ってふたりの刀身が跳ね返った。

袈裟と逆袈裟。両者の刀身が、眼前ではじき合ったのである。

わずかに相模の体勢がくずれた。ふたりのふるった剣は、相手の体を両断するほどの剛剣だったが、上からの斬撃の方がわずかに勝っていたのだ。

相模は脇へ跳び、体勢を立て直しながら反転した。

平兵衛は、その一瞬の隙を逃さなかった。相模の脇を一気に走り抜けた。相模が反転する間に、さらに間をあけた。

「孫八、逃げろ！」

平兵衛が叫んだ。

一瞬、相模はその場に棒立ちになった。虚《きょ》を衝《つ》かれたのである。平兵衛が逃げるとは思わなかったのだ。

平兵衛は走った。相模との間がひらいていく。

平兵衛がその場から逃げ出したことを知った孫八は、

「これでも食らえ！」

叫びざま、手にした匕首を男の顔面にむかって投げつけた。

男が鳶口で払って、匕首をはじいた。その一瞬の動きに乗じて、孫八は脇に跳び、疾走した。孫八の動きは敏捷で、逃げ足も速かった。

「待ちゃァがれ！」

声を上げざま、男が追ってきた。

男の足も速かったが、ふたりの間はなかなかつまらなかった。

半町ほど走ったところで、男は足をとめた。相模が追ってこず、ひとりでふたりを追うのは分が悪いと思ったのかもしれない。

先に逃げ出した平兵衛が、亀島川の岸辺に屈み込んで、ゼイゼイと荒い息を吐いていた。

「だ、旦那、やつら、追ってきませんぜ」

孫八も声が喉につまった。

「た、助かったな。……苦しい。息がつまりそうだ」

平兵衛は立ち上がって腰を伸ばしたが、顔をゆがめて喘《あえ》いでいた。全速力で走ったのが老体にこたえたらしい。

「も、もう、歳だ。走るのは、つらい……」

平兵衛はなかなか歩き出せなかった。

7

「松代屋の利兵衛か」

島蔵の牛のような大きな目が薄闇のなかで底びかりしていた。記憶をたどっているのか、視線が虚空にとまったまま動かない。

極楽屋の奥の座敷だった。島蔵、平兵衛、右京、孫八の四人が車座になっていた。平兵衛と孫八が相模と鳶口を遣う男に襲われて三日経っていた。

この日、平兵衛と孫八はこれまで分かったことを島蔵に伝え、さらに島蔵から話を聞くために極楽屋に姿を見せたのだ。すると、右京も来ていて、四人で話すことになったのである。

「それで、利兵衛はどんな男だった」

島蔵が訊いた。

「歳のころは四十四、五。小柄で痩せていやした」

孫八は相模たちに襲われた翌日、旅商人に姿を変えてふたたび本湊町へ出かけ、利兵衛の顔を見ていたのだ。

「はっきりしねえが、馬道《うまみち》の利兵衛かもしれねえ」

島蔵が顔をけわしくして言った。

「馬道の利兵衛とは？」

平兵衛が訊いた。

「十四、五年前まで、浅草にいたらしい。高利貸しで、あくどい手口で大店や旗本にも貸し付けていたようだ。……金貸しだけじゃァなく、強請や金ずくの殺しもやっていてな、十数年前は江戸の闇の世を牛耳ってたのよ。そのころ、おれたちは殺しの稼業に手を染めたばかりで、利兵衛の名を聞いただけで震え上がったものだ。ただ、利兵衛自身は滅多に顔を出さず、手下にやらせていたようだがな」

「馬道と呼ばれているわけは？」

「若えころ、浅草の馬道の長屋に住んでいたので、そう呼ばれるようになったらしい」

浅草寺の脇に、北馬道町がある。利兵衛はそこに住んでいたらしい。

「いまは、浅草にいないのか」

「いないはずだ。十四、五年前、手下が殺しの科《とが》でつかまってな。利兵衛は、町方の手が自分の身に伸びるのを恐れて大坂へ逃げたらしいのだ。その後の消息は聞いてないが、ほとぼりが冷めたとみて、またぞろ江戸へまいもどったのかもしれねえ」

島蔵が虚空を睨みながら言った。

「やはり、黒幕は利兵衛だな」

平兵衛は、藤沢屋の高額な強請は利兵衛が考えついた手口であろうと思った。それに、松代屋を始める前は品川にいたというが、実際は大坂から江戸へ出てきたのであろう。

「そうかもしれねえ」

島蔵はまだ腑に落ちないような顔をしていたが、ちいさくうなずいた。

「猿島も、利兵衛の配下だったのではないかな」

平兵衛は、大店から大金を絞り取るという手口は無頼牢人ひとりの仕業ではないような気がしていた。それに、依頼人の大店の主人が名をあかさなかったのも、利兵衛の仕返しを恐れたからだとも考えられる。

「そうか、それで猿島を始末したあっしらに矛先《ほこさき》をむけてきたのか」

孫八が声を上げた。

利兵衛は松代屋で同心の風間や造七から話を聞き、猿島が朴念に殺されたのを察知したのであろう。それで、島蔵の息のかかった殺し人を始末しようと考えたにちがいない。まず、猿島を手にかけた朴念の行方を追い、手引きした稲十を斬ったのもそのためであろう。

「だが、腑に落ちねえこともある。利兵衛にしちゃァ表に顔を出し過ぎているような気がするがな」

島蔵によると、江戸にいたころの利兵衛は滅多に姿をあらわさず、島蔵のような闇の世界にくわしい男でもその姿を見たことはないし、どこに住処があるかも知らなかったという。

その利兵衛が、自ら藤沢屋に乗り込んで主人を脅し、しかも情婦にやらせている松代屋に通い、同心の風間や造七まで呼んでいるというのだ。

「それに、利兵衛の名を遣っているのも気に入らねえ」

島蔵は、利兵衛が江戸にまいもどったのなら、旧悪を隠すためにも偽名を遣うはずだと言い足した。

「うむ……」

島蔵の謂《いい》はもっともだと平兵衛も思った。それに、島蔵が言うように、利兵衛のような慎重な男にしては目立ち過ぎる。

「まだある。猿島が殺《や》られただけで、利兵衛がおれたちに仕掛けてきたとは思えねえんだ。あるいは、おれたちを皆殺しにし、江戸の殺しの稼業を独り占めにしようってえ魂胆かもしれねえぜ。馬道の利兵衛ならやりかねねえ」

そう言って、島蔵が大きな目をひからせた。

「いずれにしろ、利兵衛が裏で糸を引いていることはまちがいあるまい」

右京が言った。

「まァ、そうだ」

島蔵が低い声で言った。

「利兵衛を殺るか」

右京が訊いた。

「その前に、相模と鳶口を遣う男だな」

島蔵が言った。すでに、孫八から島蔵と右京に、亀島川沿いの道で襲われたときのことを話してあったのだ。

「岡っ引きの信吉と留吉を殺ったのは、鳶口を遣う男だ。稲十を殺ったのは相模だろう」

つづいて、平兵衛が、稲十は相模が遣った下段から逆袈裟に斬り上げる剣で斬られていたことを話した。

「ふたりとも腕のいい殺し人のようだ。ひとりずつ、始末した方がいいな」

島蔵が、三人の殺し人に視線をまわしながら言った。

殺し人が相手を仕留めるのに、卑怯《ひきょう》もなにもない。集団で襲おうと、騙し討ちにしようと相手を殺すことが仕事なのである。

「風間と造七はどうしやす」

孫八が訊いた。

「朴念と清次にまかせるつもりだ」

「それにしても、町方同心が利兵衛のような男についているとはな」

平兵衛が、首をひねりながら言った。

「油断しねえ方がいいぜ。おれたちには、まだ見えてねえものがあるようだ」

そう言って、島蔵は虚空を睨《にら》むように見すえた。

第四章　岡っ引き殺し

1

曇天で、風があった。稲荷の境内《けいだい》の樫《かし》がザワザワと揺れている。まだ、暮れ六ツ（午後六時）前だが、辺りは夕暮れ時のように薄暗かった。

朴念と清次は、浅草瓦町の稲荷の境内にいた。すこし遠かったが、そこからふくやの店先に目をやっていたのだ。

昨日、朴念は島蔵に呼ばれ、極楽屋に足を運んだ。島蔵は平兵衛たちから聞いた利兵衛、相模、鳶口を遣う男のことを話し、

「まず、造七を殺ってくれ」

と、低い声で言った。

「風間はどうしやす」

朴念が訊いた。

「風間も殺ってもらいてえが、その前に造七を痛めつけて泥を吐かせてくれ。利兵衛の手下は、おれたちがつかんでるだけじゃァねえような気がするんだ」

「分かった」

「油断するんじゃァねえぜ。やつらも黙って見てるわけじゃァねえ。どんな手を遣ってくるか分からねえ」

島蔵の顔には、めずらしく不安そうな表情があった。何かを恐れているようである。相手一味の黒幕と目される利兵衛は江戸の裏社会を支配していた巨魁だった。その利兵衛が目の前に立ちふさがっていると思うと、島蔵のような男でも不安や恐れに襲われるのであろう。

極楽屋を出た朴念は、さっそく清次を連れてこの場に来たのだが、昨日は造七が姿をあらわさず、今日出直して来たのである。

朴念は筒袖にかるさん、頭に角頭巾をかぶっていた。巨漢を樫の葉叢《はむら》の陰に窮屈そうに隠し、ふくやの店先に目をやっている。

「清次、造七はいるのか」

朴念が訊いた。

「おりやす。風間についてまわった後、店に入《へえ》ったきり出てこねえ」

清次は一刻（二時間）ほど朴念より先に来て、ふくやを見張っていたのだ。

「今日も、出かけねえかな」

朴念は渋い顔をして上空を見上げた。

黒雲が流れていた。西の空が明るくなってきたので、晴れてくるかもしれない。とりあえず、雨の心配はなさそうである。

「来た！　やつだ」

清次が声を殺して言った。

見ると、ふくやの戸口から縞《しま》の小袖に黒羽織姿の男が出てきた。商家の旦那ふうの格好をしているが、造七である。

「また、三崎屋かな」

「どこへ行くにしろ、今夜は、始末をつけてやるぜ」

朴念が造七を睨みながら言った。

造七はこの前と同じように千住街道へむかって行く。

朴念と清次は跡を尾け始めた。ただ、朴念の格好は人目につくので、清次から半町ほど後ろを歩くことにした。清次が造七の跡を尾け、その清次を朴念が尾けるのである。

千住街道はまだ人通りが多かった。辺りは夕暮れ時のように薄暗かったが、まだ暮れ六ツ前なので表店はあいていたし、通行人が行き交っていたのだ。

造七は千住街道へ出ると、浅草御門の方へ歩き、わずか一町ほど歩いただけで右手の路地へ入った。

──三崎屋じゃァねえのかな。

造七が右手にまがった路地は、この前とちがう。

細い路地だった。表長屋や小店がごてごてとつづいている。この路地は人影がなく、ほとんどの店が表戸をしめていた。暮れ六ツ前だが、曇天のせいもあってすこし早く店仕舞いしたのだろう。

造七は歩きなれた道らしく、町並に目をやることもなく足早に歩いていく。三崎屋へ行くのではないようだ。すこし方向がちがう。大川端の方へむかっているらしい。

清次は軒を連ねる表長屋や小店の軒下をつたうようにして跡を尾けた。

そのとき、暮れ六ツの鐘がなった。造七の足がさらに速くなった。急いでいるらしい。

前方の低い家並のむこうに、黒ずんだ大川の川面が見えてきた。低い地鳴りのような流れの音も聞こえてくる。

通りがすこしまがっていた。前を行く造七の姿が、ときおり家並の陰になって見えなくなった。

造七の姿がまがり角の町家の陰に消えたとき、背後で足音がした。朴念が駆け寄ってきたのだ。巨漢だが、足は速い。

「この先は、大川端だな」

追いついた朴念が清次に訊いた。

「へい」

「どこへ行くか知れねえが、ここでつかまえよう。清次、やっとの間をつめるぞ」

そう言うと、朴念は小走りになった。

道のまがり角まで来ると、半町ほど先に造七の姿が見えた。すぐ前が大川端だった。川岸に沿って柳が植えられている。淡い夕闇のなかで、川風に柳の枝葉が揺れ動いていた。汀《みぎわ》に打ち寄せる川波の音が、耳を聾《ろう》するように聞こえてくる。川沿いの道はひっそりとして人影もない。仕掛けるには、ちょうどいい場所だった。

造七は川下にむかって歩いて行く。造七の前方に岸辺につづく石段があり、その先にちいさな桟橋があった。猪牙舟が、何艘か舫《もや》ってある。

朴念が駆け出した。清次がつづく。造七は気付かなかった。ふたりの足音を川の流れの音と風音が掻き消してくれたのだ。

造七は桟橋へつづく石段を下り始めた。舟を使って、どこかへ行くつもりらしい。

そのとき、背後に迫るふたりの足音を聞いたのだろう。ふいに、造七が立ちどまり、後ろを振り返った。

朴念の異様な巨軀が、すぐ背後に迫っていた。

一瞬、造七は驚愕に目を剝いて凍《こお》りついたように固まったが、

「て、てめえは！」

と、喉のつまったような声を上げると、慌てて石段を駆け下りた。

朴念が追いすがり、造七の襟首をつかんだ。強力である。造七は逃れようとしたが、首と手が前に伸びただけである。

つづいて、朴念の大きな掌《てのひら》が造七の口をおおった。

「じたばたしやがると、首をへし折るぞ」

朴念が巨体を寄せて造七の耳元で言った。

造七の顔から血の気が引いた。目ばかりが、きょろきょろと動いている。

2

朴念は手ぬぐいで造七に猿轡《さるぐつわ》をかませると、周囲に目をやった。暮色が濃くなり、近くに人影はなかったが、この場で造七を痛めつけて口を割らせるわけにはいかなかった。いつ人が通りかかるか分からないのだ。

道の右手が大川で左手は裏店の板塀や空地などがしばらくつづき、その先に船宿らしい建物があった。二階の座敷からかすかに明りが洩れている。

「清次、あの藪がいいな」

空地の一角が、笹藪や雑木でおおわれていた。そのなかなら、人目につくことはなさそうだった。

清次は激しい憎悪の目で、造七を見すえていたが、

「先に行って、見てきやす」

と言い残し、藪の方へ走りだした。

朴念は造七の両腕を後ろ手に取り、用意した細引で縛り上げると、造七を藪の方へ連れていった。

「ここなら、だれにも見られませんぜ」

清次が藪の陰から首を突き出して言った。

空地は民家の敷地だったらしい。朽ちた家屋の残骸が、わずかに残っていた。家が取り壊された後、長年放置されたために笹や雑木が茂ったらしい。

朴念は造七を藪の陰に引きずり込んだ。そして、ふところから革袋のなかの手甲鈎を取り出すと、右手だけに嵌めた。それを見て、造七は恐怖に目をひき攣《つ》らせ、激しく顫《ふる》えだした。異様な武器に見えたのだろう。

「おめえ、こいつで顔をひと掻きすると、どうなるか分かるかい。目も鼻も削げてなくなっちまうぜ」

朴念が目を糸のように細くして笑った。大きな地蔵のような丸顔が、何とも不気味である。

「なに、ここに引きずり込んだのは、おめえから話を聞くためだ。おとなしくしゃべりゃァ、この爪はしまうよ」

朴念がそう言うと、造七が慌てて首を縦に振った。恐怖に襲われ、逆らう気も失《う》せているようだ。

「猿轡を取ってやれ」

朴念が言うと、すぐに清次が猿轡をはずした。清次の手が震えていた。造七を目の前にして、強い恨みが胸に衝き上げてきたのであろう。

造七は猿轡がはずされると、かすれたような喘鳴《ぜんめい》を洩らした。体が恐怖でかたまり、呼気が喉を鳴らしたらしい。

「まず、訊くぞ。おれと稲十とで猿島を殺ったことを、どうしてつかんだ」

朴念は、そのことがずっと腑に落ちなかったのだ。猿島の死体が大川から揚がらなければ、殺されたことは分からないはずなのだ。

「そ、それは……、猿島の旦那が急にいなくなり、と、稲十と図体のでけえ坊主頭の男が、猿島の旦那の跡を尾けてたと聞き込んだので、見当をつけたんだ。もっとも、芸者も稲十の名は知らなかったがな、人相を聞いて、おれがつきとめたんだ」

造七が声を震わせて言った。

「図体のでけえ、坊主頭ってえなァおれのことかい」

朴念がニヤニヤしながら訊いた。

「い、いや、芸者がそう言ったんだ」

造七が喉のつまったような声で言った。

「ところで、おめえと風間は、猿島とつるんでたのかい」

朴念が顔の笑いを消して訊いた。

「そ、それは、たまたま噂を耳にしただけだ」

「ごまかすんじゃァねえ。いま、おめえは猿島の旦那と口にしたじゃァねえか」

「さ、猿島は侍だ。つい、言っちまったのよ」

「おめえ、こいつがどんな物か、まだ分かってねえようだな」

朴念が右手に嵌めた手甲鈎で、いきなり造七の肩先を引き裂いた。

造七が、ヒイッという喉のひき攣《つ》ったような悲鳴を上げた。着物が引き裂かれて肌に四筋の血の線がはしり、血が噴き出た。造七の顔から血の気が失せ、頬に鳥肌が立っている。

「次は顔を引き裂く」

朴念が低い声で言った。

「しゃ、しゃべる。みんなしゃべる。……猿島の旦那は仲間だ」

「何の仲間だい？」

「く、くわしいことは知らねえ。おれは、風間の旦那の使《つか》いっ走《ぱし》りなんだ」

「風間も猿島も、利兵衛の息がかかってたんじゃァねえのかい」

朴念が造七を見すえながら言った。猿島はともかく、風間は利兵衛の配下ではないだろう、と朴念は思っていた。ひそかに手助けはしても、八丁堀同心が利兵衛のような犯罪人の手下になるようなことはないはずなのだ。

「そ、そうだ」

造七は顔をしかめながら答えた。肩先の傷が痛むのかもしれない。まだ、出血はとまらず、裂かれた着物を赤く染めている。

「八丁堀同心ともあろう者が、利兵衛のような悪党の仲間にくわわったのはどういうわけだい」

「金だよ」

造七が話したことによると、三年ほど前、風間に日本橋のさる大店から強請の訴えがあり、調べているときに利兵衛にたどり着き、その利兵衛から、目をつぶってくれさえすれば、百両出すと言われ、探索のふりだけして見逃したという。

それに味をしめた風間は、利兵衛がかかわった事件には目をつぶり、その都度相応の礼金をもらっていた。しだいにふたりの結び付きが強くなり、ちかごろは風間の方からひそかに強請の手助けをするようにまでなったという。

「おめえは、そのおこぼれにあずかってたってわけかい」

「あっしは、風間の旦那から手札をもらってるんで、言われたとおりにしてただけだ」

そう言って、造七は狡猾《こうかつ》そうな目で朴念を見た。

「それにしても、風間はそんなに金儲《もう》けして、何に使ってたんだ」

風間は利兵衛以外からも袖の下をもらっていたはずである。

「妾《めかけ》さ。風間の旦那は女好きで、見まわり筋の外神田に金のかかる年増を囲っていなさるのよ。同心のお手当や袖の下だけじゃァ足りねえんだ」

造七の口元に卑猥《ひわい》な笑いが浮いたが、すぐに苦痛の表情に変わった。肩先の傷が痛むのだろう。

「年増の名は?」

「お園《その》さんさ」

「嘘じゃァねえようだな」

朴念は、造七がすぐにお園の名を口にしたので信じた。

「ところで、おめえたちの仲間に妙なやつがいるな。鳶口を遣うやつだが、なんてえ名だい」

朴念は島蔵から相模と鳶口を遣う男のことを聞いていた。

「鳶の佐太郎《さたろう》だ」

「その佐太郎と、相模兼十郎の塒はどこだい？」

朴念はふたりの塒が分かれば、やりやすいと思ったのだ。

「知らねえ。嘘じゃァねえ。佐太郎と相模の旦那は、あっしや風間の旦那にも住処を教えねえんだ」

造七がむきになって言った。本当に知らないらしい。

「ところで、利兵衛の手下だが何人いる」

「確かなことは分からねえが、四、五人いるはずだ」

「佐太郎と相模は別か」

「そうだ。ふたりは殺し役だよ」

造七の口元に酷薄そうな笑いが浮いた。脳裏に、朴念と清次が惨殺される光景がよぎったのかもしれない。

「その手下たちは、どこにいる」

「松代屋だ。包丁人や男衆《おとこし》として、もぐり込んでるらしいや」

「そうか」

そのときの成り行き次第だが、手下まで始末することはないだろう、と朴念は思った。

3

「ところで、おめえ、舟でどこへ行こうとしてたんだ」

朴念が声をあらためて造七に訊いた。

「松代屋さ」

造七は猪牙舟で大川を下り、本湊町へ行くつもりだったようだ。舟なら、徒歩より
はるかに早く着くだろう。

「松代屋へ何の用だ」

「一杯、ごっそうしてくれるって、風間の旦那から話があったのさ」

「そうか」

おそらく、利兵衛を交えて密談でもするつもりだったのだろう。

朴念が、いっとき視線をとめて口をつぐんでいると、

「あっしの用は済んだようだ」

と造七が言って、藪から出ようとした。

「おれの用は済んだが、まだ、こいつの用が残っている」

そう言って、朴念はかたわらにいる清次に目をやった。

清次は蒼ざめた顔で造七を見すえていたが、朴念に言われて造七の前に近付いた。握りしめた拳が震えている。

「な、なんだ、おめえ」

造七は清次の剣幕にたじろいだようだ。

「おれの顔に見覚えがあるだろう」

「おめえは、極楽屋にいたやろうだな」

造七は、思い出したらしい。

「清次だ」

「おれに何か用かい」

造七は清次の素性を知らないようだ。自分にどんなかかわりがあるのかも、思い当たらないのだろう。

「神田佐久間町にあった瀬戸物屋を覚えているだろう」

「佐久間町だと……」

造七は目を細めて思い出そうとするような表情を浮かべたが、目の前にいる清次とつながることは思い出せないらしく首をひねった。

はずだ」

「おめえは、おれのおとっつァんの盛助のことで、ありもしないことを風間に話した
「お、おめえは盛助の倅か」

造七が驚いたように目を剝《む》いた。やっと思い出したらしい。

「おとっつァんは、おめえと風間にありもしない罪をでっち上げられて、牢のなかで責め殺されたんだ」

清次は怒りに声を震わせて言った。子供のころから、両親《ふたおや》の敵と思い、怨念の火を燃やしてきた相手が、いま眼前にいるのである。

「で、でっち上げたわけじゃァねえ。おめえの親爺は、峰吉の喧嘩を見ながらとめもしなかったんだ。それによ、もうむかしのことだし、盛助は病《やまい》で死んだんだ。いまさら、おれが恨《うら》まれる筋合いはねえぜ」

造七が吐き捨てるように言った。

「むかしのことじゃァねえ。おれにとっちゃァ、おめえと風間に両親を殺されたと同じなんだ」

清次は造七を睨みつけ、声を荒らげた。

造七は清次の恨みの激しさを感じとったらしく、

「お、おれをどうするつもりだ」

と、後じさりながら言った。

「親の敵を討つのよ」

言いざま、清次はふところから匕首を抜いた。顔がこわばり、目がつり上がっている。

「よ、よせ！」

造七は恐怖に顔をひき攣《つ》らせて後じさった。

「死ね！」

甲走《かんばし》った声を上げると、清次は匕首を構え、体ごと造七にぶち当たった。

逃げようときびすを返す造七の腹に、清次の匕首が突き刺さった。手元まで深く食い込んでいる。

一瞬、造七は喉のつまったような呻き声をあげて体をのけ反らせたが、清次と体を密着させたまま動きをとめた。

「こ、この、がきが！」

ふいに、造七が目を剝いて叫んだ。そして、肩先で清次の胸を押して突き放した。

その拍子に腹に刺さった匕首が抜け、清次は後ろによろめいた。

造七は両手を後ろに縛られたまま身をよじるようにして、よろよろと歩きだした。藪の陰から通りへ出るつもりらしい。

ワアッ！　と気合とも悲鳴ともつかぬ声を上げ、清次が匕首を振り上げてつっ込んだ。

造七が足をとめ、振り返った。その造七の喉笛あたりを、清次のふるった匕首が掻き切った。

ヒュッ、という喘鳴とともに血が、造七の首筋から赤い布のように噴出した。首の太い血管《ちくだ》を切ったらしい。

造七は血を撒きながらよろめき、爪先を笹にひっかけて、つんのめるように前に倒れた。造七は地面に腹ばいになったまま体をもそもそと動かし、何とか立ち上がろうともがいていたが、すぐに力尽きて動かなくなった。絶命したようである。

清次は顎を突き出すようにして荒い息を吐き、放心したような顔をして倒れた造七のそばにつっ立っていた。匕首を握った腕や胸部が返り血を浴びて蘇芳《すおう》色に染まっている。

「いくらか気が晴れたかい」

朴念が歩を寄せてきた。目が糸のように細くなっている。

「へ、へい」

清次は大きくうなずいた。

「それじゃァ始末をつけて、引き上げようか」

「どうしやす」

「猿島と同じように川に流しちまおう。おめえ、足の方を持ってくんな」

そう言うと、朴念は倒れている造七の両肩をつかんで持ち上げた。

4

燭台の火に屈託のある男たちの顔が浮かび上がっていた。島蔵、孫八、吉左衛門、それに吉左衛門の手下の牧次郎と玄太《げんた》である。

柳橋の一吉の二階だった。この夜は吉左衛門からの呼び出しがあって、島蔵と孫八が柳橋まで猪牙舟で来たのである。舟を使ったのは、相模たち殺し人の襲撃を避けるためであった。

「呼び出したりして、すまねえな」

吉左衛門が銚子を取りながら言った。顔に憂慮の色があった。殺し人の元締めである島蔵を自分の店に呼び出したのは、それだけの理由があるからであろう。

島蔵は杯で受けながら、

「それで、話というのは」

と、吉左衛門の心底を覗くような目をして訊いた。

「例の話だが、相手の目星はついたかい」

吉左衛門が、渋い顔をして訊いた。

「ああ、目星はな。それにしても呼び出して訊くなど、おめえらしくねえな」

そう言って、島蔵は杯の酒を飲み干した。

ふつう、斡旋人は殺しの依頼をしたら、元締めを呼び出して状況を訊くようなことはしないのだ。

「それが、凝《じっ》としてはいられなくなったのよ」

「何があった？」

「三日前、おれを狙って仕掛けてきやがったんだ」

吉左衛門によると、夕方、近くの置屋に芸者のことで相談があって出かけたおり、暗がりから鳶口を手にした男が飛び出してきて吉左衛門を襲ったという。

すぐ後ろにいた牧次郎が咄嗟に飛び出し、男に体当たりをくれたので命拾いをしたのだという。

「そいつは鳶の佐太郎だ」

島蔵が、佐太郎は鳶口を遣う殺し人のひとりで、岡っ引きの信吉と極楽屋の留吉を殺った男だと言い添えた。

「さすが、元締めだ。もう、つかんでいるのかい」

「まあな」

「それなら、早く始末してくれ。早くしねえと、おめえに殺し料が払えなくなる。それを心配してるのよ」

吉左衛門が心配しているのは、自分の命である。

「分かった。早く手を打とう」

島蔵にしても、殺し料をもらえなくなるのは困るのだ。

「おれも手をこまねいて見てたわけじゃァねえ」

島蔵はそう言って、相模と風間のことにくわえ岡っ引きの造七を始末したことを話し、

「むこうも、猿島につづいて造七が殺られたことに気付き、躍起になってるんだろうよ」

と、言い添えた。

「一味には、町方の同心までくっついてるのか」

吉左衛門は苦々しい顔をした。

「そのようだ。風間という同心だが、おめえ話したことがあるかい」

島蔵が訊いた。

島蔵は、朴念から風間は女好きで妾を囲うために利兵衛に金で籠絡《ろうらく》されたらしいと聞いたが、すぐに信じられなかった。金のためとはいえ町方同心が、利兵衛のような悪党に簡単になびくとは思えなかったのである。

「いや、話したことはねえ。女好きだとは聞いているがな」

「そうか。……ところで、おめえ、馬道の利兵衛の名を聞いたことがあるかい」

島蔵が声をあらためて訊いた。

「ある、だが、ずいぶんむかしのことだぜ」

吉左衛門が怪訝《けげん》な顔をした。突然、利兵衛の名が出たからだろう。

「利兵衛が頭らしいぜ」

「なに、利兵衛が！」

吉左衛門が息を呑んだ。驚愕に目を剝いた顔が、かたまっている。

「そうだ、馬道の利兵衛だ」

「浪速《なにわ》から江戸にまいもどってきたってことかい」

「そういうことになるな。利兵衛は本湊町の松代屋という料理屋のあるじにおさまっているらしいぜ」

島蔵は、利兵衛が藤沢屋を強請ったことや相模や佐太郎などの殺し人を使っていることなどを話した。

「一味を陰であやつっているのは、利兵衛か」

吉左衛門の顔がいくぶん蒼ざめていた。思いもしなかった巨魁が敵だと分かり驚きとともに恐れもあるようだった。

「ただ、腑に落ちねえことがあってな」

「なんだ」

「むかし、利兵衛は顔を知られるのをひどく嫌っていた。おれですら、一度も顔をおがんだことがねえんだぜ」

「たしかに、そうだ」

「ところが、松代屋の利兵衛は平気で顔を見せている。藤沢屋の強請にも自分で乗り込んでるんだぜ。……それに、松代屋に、同心の風間や造七を呼んで会ってもいる。

利兵衛にしちゃァ表に出過ぎてる気がしてな」

島蔵が首をひねりながらしゃべった。

「風間がいるからじゃァねえかな」

吉左衛門が言った。

「どういうことだ」

「町方同心を味方にすりゃァ怖いものはねえ。殺しも丸めこめる。それで、おおっぴらに姿を見せるようになったんじゃァねえかな」

「うむ……」

そうかもしれねえ、と島蔵は思ったが、まだ胸にひっかかるものがあった。

「おめえは、むかし利兵衛を見たことがあるのかい」

島蔵が訊いた。見たことがあれば、松代屋の利兵衛を見てもらおうと思ったのだ。

「ねえ、むかし噂を聞いただけだ」

「小柄で痩せた男だそうだ」

「小柄……」

吉左衛門が不審そうな顔をして、

「むかし、おれは大柄な男だと聞いた覚えがあるが……」

と言って、首をひねった。記憶がはっきりしないらしい。なにせ、十四、五年も前の話なのである。

「いずれにしろ、まず、相模と佐太郎を始末することだな」

そう言って、島蔵が銚子を取った。

「おれの首がつながってるうちに頼むぜ」

吉左衛門が杯を取って、島蔵のつぐ酒を受けた。

5

吉左衛門の手下の牧次郎は、大川端を足早に歩いていた。一吉の馴染みの客、芝《しば》右衛門《えもん》を千住街道まで送っていった帰りである。

芝右衛門は但馬屋《たじまや》という米問屋の主人で、店は柳橋から近い浅草天王町《てんのう》にあった。

「店は、すぐそこですから歩いて帰りますよ」

そう言って、芝右衛門は供の手代を連れて店を出ようとしたのだが、吉左衛門が、

「ちかごろ物騒ですから、店の者に送らせましょう」

と言って、牧次郎を供につけたのだ。

町木戸のしまる四ツ（午後十時）ごろだった。よく晴れて、上空は満天の星である。

千住街道から柳橋につづく通りは、夜陰につつまれてひっそりしていたが、ときおり淡い星明かりのなかに黒い人影があらわれ、牧次郎のそばを通り過ぎていった。柳橋から帰る酔客や夜鷹などである。

前方に一吉の灯《ひ》が見えてきた。まだ、客が残っているらしく、かすかに人声や女の笑い声などが聞こえてきた。

ふいに、前方に黒い人影があらわれた。店仕舞いした表店の軒下闇から通りへ出てきたらしい。

総髪の牢人体だった。二刀を帯びている。

「だれでえ！」

牧次郎は足をとめた。稲十を斬った殺し人のことが、頭をよぎった。

牢人は無言のまま足早に近付いてきた。夜陰のなかで、バサバサと袴《はかま》が音をたてた。左手を鍔《つば》元に添え、上体を前に倒すような格好で迫ってくる。その姿に殺気があった。

牧次郎は反転した。逃げようと思ったのである。

だが、駆け出した足がすぐにとまった。前方にも人影があった。黒い装束に身をつつんだ男が立っている。星明かりに浮かび上がった姿は、半纏に股引のように見えた。

――相模と佐太郎だ！

牧次郎は、島蔵と吉左衛門が話していたふたりの殺し人だろうと思った。まさか、自分が狙われるとは思ってもいなかったが、ふたりが自分を殺そうとしていることはまちがいなかった。

「ちくしょう！　殺られてたまるか」

牧次郎は、ふところから匕首を抜いた。

前方の町人体の男がゆっくりとした足取りで近寄ってきた。右手に短い棒のような物を持っている。その先が、星明かりを受けてにぶくひかっていた。鳶口らしい。

背後からも接近してくる足音が聞こえた。

振り返ると、すぐ目の前に面長の顔が見えた。蛇のような細い目をしている。

牧次郎は激しい恐怖で、凍りついたようにその場につっ立った。

ふいに牢人の黒い姿が躍動し、かすかな刃唸りの音が聞こえたような気がした。その瞬間、牧次郎は首筋に焼鏝《やきごて》を当てられたような衝撃を感じた。

次の瞬間、首根から熱い物が噴き、牧次郎の顎に当たって音をたてた。
意識があったのは、そこまでだった。
牧次郎の首がかしぎ、腰からくずれるように転倒した。

深川永代《えいたい》寺門前《もんぜん》東《ひがし》町。富《とみ》ケ岡《おか》八幡宮の門前の東側にあたる町で、岡場所が多いことでも知られる地である。

女郎屋、料理屋、飲み屋、置屋などが軒を連ねる繁華街から、細い路地を一町ほど入ったところに板塀をめぐらせた妾宅ふうの家があった。周囲は裏店や空地などで、ひっそりと夜の帳《とばり》につつまれている。

すでに、四ツ（午後十時）を過ぎていたが、妾宅ふうの家からは明りが洩れ、ときおり男たちの濁声《だみごえ》が聞こえてきた。

室造《むろぞう》という男が貸元をしている賭場である。その家の戸口から、忠三郎がふたりの遊び人ふうの男と連れ立って出てきた。夜陰のなかに忠三郎の白い歯が見えた。口をあけて、笑ったらしい。博奕《ばくち》で儲けたにちがいない。

忠三郎はふたりの男といっしょに、枝折《しお》り戸を押して路地へ出てきた。博奕で手にした金で岡場所にでも行くつもりなのか、三人の男は下卑た笑い声を上げながら、女郎屋や料理屋などが軒を連ねる表通りへむかっていた。

と、ふいに町家の陰から十人ほどの男が走り出て、忠三郎たちを取りかこんだ。

「なんでえ、おめえたちは」

忠三郎が声を上げた。

「お上のご用だ。神妙にお縄を受けな」

初老の男が声を上げた。岡っ引きらしい。取りかこんだ男たちの背後に、八丁堀同心らしい男の姿があったが、暗がりで顔は見えなかった。

「お、おれたちは、お上の世話になるようなことはしちゃァいねえ」

忠三郎の脇にいた若い男が、声を震わせて言った。

「博奕だよ。言いてえことがあったら、吟味《ぎんみ》の場で申し上げな」

そう言って、初老の岡っ引きが背後を振り返ると、

「いいから、捕れ」

と、同心らしい男が声をかけた。

すぐに岡っ引きたちが忠三郎たちを取りかこみ、後ろ手に縛り上げた。

「引っ立てろ！」

そう声を上げたのは、風間だった。

翌日、極楽屋に弥之吉《やのきち》という日傭《ひよう》取りが顔をこわばらせて駆け込んできた。店に居合わせた男たちの視線が、いっせいに弥之吉に集まった。

「お、親分を呼んでくれ！」

弥之吉がひき攣《つ》った声を上げた。

すぐに、酒を飲んでいた半裸の男が立ち上がり、板場にいた島蔵を連れてきた。

「弥之、どうしたい」

島蔵がギョロリとした目を剝いて訊いた。

「あ、挙げられた、忠三郎が」

弥之吉が喉をつまらせて言った。

「どういうことだ」

「室造の賭場の前《めえ》で、ご用でさァ」

「あそこは、町方も目こぼししてた賭場だぞ」

室造の賭場は、船頭や人足などがわずかな金を手慰み程度に賭けるだけだったし、室造から縄張りにしている同心と岡っ引きに袖の下を渡していたので、町方も見て見ぬふりをしていたのだ。

「それが、お縄にしたのは風間なんで」

「風間だと、何でやつが乗り出してきたんだ」

富ケ岡八幡宮界隈《かいわい》を巡視しているのは、別の定廻り同心である。風間が賭場の手入れに出てくる町ではないはずなのだ。

「分からねえが、親分、しょっ引かれたのは忠三郎と若いのがふたりだけですぜ」

「なに、手入れじゃァねえのか」

島蔵は賭場の手入れだと思ったが、そうではないようだ。

「町方は、賭場に入っちゃァいねえ」

「狙いは、忠三郎か！」

島蔵は気付いた。風間は忠三郎を捕縛するために、室造の賭場の前で張り込んでいたにちがいない。狙いは何か。忠三郎を拷問《せめ》て、島蔵や極楽屋のことを聞き出すためであろう。

――利兵衛の指図だな。

と、島蔵は直感した。造七が殺られたことを察知し、本腰を入れて反撃してきたようである。

牧次郎が何者かに斬殺されたことを吉左衛門から聞いていたが、牧次郎も利兵衛の配下の殺し人の手にかかったにちがいない。

——風間も、動き出したとなると厄介だな。

町方を敵にしたくなかった。風間だけならともかく、他の同心や岡っ引きを敵にまわしたら江戸の町に住めなくなる。

何とか、手を打たねば、と島蔵は思った。

「おい、奥にいるやろうどもを集めてこい」

島蔵が怒鳴り声を上げた。

大きな顔が赭黒く染まり、ギョロリとした目が虚空を睨んでいる。まさに閻魔《えんま》のような顔だった。

店にいた男たちは、はじかれたように立ち上がり、奥の部屋へすっ飛んでいった。

小半刻（三十分）ほどすると、十人ほどの男たちが集まってきた。仕事にあぶれて部屋でくすぶっていた連中である。男たちは島蔵のこわばった顔を見て、何事かと身を硬くして視線を島蔵に集めた。

「忠三郎が町方に挙げられたぜ」

島蔵がそう言うと、集まった男たちの間に動揺がはしった。

「慌てるな。しばらく、おれの言うとおりにしてろ。まず、博奕に手を出すな。岡っ引きに睨まれそうな仕事は断れ。それに、脛《すね》に疵《きず》のあるやつは、用もねえのに出歩くな。喧嘩もだめだ」

島蔵が声高に言った。風間が手先を使って極楽屋の者たちを捕らえ、朴念や他の殺し人の所在をつきとめようとする可能性があったのだ。

「お、親分、いつまでだい」

集まった男のひとりが昂った声で訊いた。

「そう長くはかからねえ。おれたちが、始末をつけるまでだ」

島蔵は、すぐにも平兵衛たち殺し人に仕掛けてもらうつもりでいた。

6

島蔵が板場で料理の仕込みをしていると、弥之吉がこわばった顔で入ってきた。いつもと様子がちがう。怯えるような目をしていた。

「お、親分、来た……」

弥之吉が声を殺して言った。

「何が来たんでえ」

「か、風間だ」

「なに！」

思わず、島蔵は手にした包丁を空に浮かせたまま身を硬くした。店に風間が乗り込んできたらしいのだ。

「大勢か」

「いえ、風間と手先がふたりで」

「おれを捕りに来たんじゃァねえようだ」

捕縛のために極楽屋に乗り込んできたのなら、捕方を大勢連れて来るだろう。

「弥之、奥にいるやろうたちに、店に出るなと伝えろ」

「へ、へい」

弥之吉は、すぐに板場の裏口から外へ飛び出した。

島蔵は濡れた手を拭きながら店に出ていった。戸口のそばに風間とふたりの岡っ引きらしい男が立っていた。ひとりは初老の男で、もうひとりは三十がらみの顔の赭黒い大柄な男だった。風間に手札をもらっている岡っ引きであろう。

店には極楽屋を塒にしている男がふたりいたが、隅の飯台で身を硬くし、入ってきた風間に怯えたような目をむけていた。

「これは、これは、八丁堀の旦那、お久し振りでございます」

島蔵は満面に愛想笑いを浮かべ、腰をかがめながら風間に近付いた。

「島蔵、しばらくだな」

そう言うと、風間は腰の大小を鞘ごと抜き、戸口のそばの飯台に腰を下ろした。ふたりの岡っ引きは風間の両側に立ったまま、島蔵を見すえている。

「見まわりでございますか」

島蔵が猫撫で声で訊いた。

「そうじゃァねえ。今日は、おめえに用があってな」

「あっしに」

「そうだ。……島蔵、忠三郎を知ってるな」

「へい、忠三郎はこの店の常連でしてね。忠三郎がどうかしやしたかい。ここ三日ばかり、姿を見せねえので心配してやしたが」

島蔵はとぼけた。忠三郎が捕縛されて三日経っていたが、とりあえず捕縛されたことは知らないことにしようと思ったのである。

「なに、つまらねえことで、吟味することになったんだが、妙なことを口にしたのだ」

「妙なことと言いやすと」

「ここにも顔を見せたから、造七のことは知ってるだろう。造七がな、十日ほど前から姿を消しちまったのよ」

「それで？」

「前に、おめえにも訊いたが、図体のでけえ坊主頭の男に殺られたんじゃァねえかとみてるんだ。……忠三郎がな、その坊主頭の男がこの店にいたというんだよ」

そう言って、風間は刺すような目で島蔵を見すえた。

「ヘッへへ……。そりゃァ忠三郎の思いちがいですぜ」

島蔵が思ったとおり、風間は忠三郎を拷問にかけて吐かせたようである。

「思いちがいじゃァねえ。忠三郎はそいつの名まで知ってたよ。朴念というそうじゃァねえか」

「……！」

まずい、と島蔵は思った。忠三郎が朴念のことをしゃべったようだ。これ以上、朴念のことを隠すのはむずかしくなる。

「それに、もうひとり、清次という男がいるだろう」

「へ、へい」

「清次は、造七のことを恨んでたそうだな」

「さァ……。聞いてませんが」

島蔵は首をひねった。

「ともかく、清次をここに連れてきてくんな」

「清次はいません。この店に、よく顔を出していやしたが、ここ十日ほど姿を見せてねえんで」

事実だった。朴念が極楽屋を出てから清次は朴念の住む長屋に入り浸り、何か用があるとき以外は店に来ていなかったのだ。

「そうかい。まァ、いねえだろうとは思ったがな」

風間は清次の行方を追及しなかった。

「旦那、清次が何かしましたかい」

島蔵が訊いた。

「なに、ちょいと聞きてえことがあっただけよ」

「さいですか」

「島蔵、おめえに頼みがある」

風間が声をあらためて言った。

「なんです？」

「朴念と清次を探し出してくんな。期限は五日だな」

風間が島蔵を見すえて低い凄味のある声で言った。

「旦那、そりゃァ無茶だ。どこにいるか分からねえ者を探しようがねえ」

島蔵が困惑したように顔をしかめて言った。

「何が無茶だ。おめえなら、明日にもふたりを連れてこられるはずだ。五日後に、おれがこの店に来る。そんとき、ふたりを渡してくんな」

「できねえ」

「できねえときは、おめえをしょっ引くことになるぜ」

「……！」

島蔵の顔がこわばった。

——風間の狙いは、おれか！

島蔵は察知した。いくら町方同心でも、何の罪状もない島蔵を捕縛することはできない。そこで、まず朴念と清次を拷訊して、造七殺しと島蔵とのかかわりを吐かせようというのであろう。島蔵が朴念と清次を隠せば、下手人をかくまって逃がした罪で島蔵を捕らえるつもりなのだ。

「島蔵、五日だぜ」

そう言い置くと、風間はうす笑いを浮かべて立ち上がった。

7

――こうなったら、風間を殺るしかねえ。

島蔵は胸の内でつぶやいた。

朴念と清次を、風間に引き渡すわけにはいかなかった。ふたりが捕らえられれば、島蔵の正体も知れ、平兵衛たち殺し人も捕らえられるだろう。

幸い、朴念と清次を探している八丁堀同心は風間だけである。ひそかに始末してしまえば、他の同心が朴念や清次に嫌疑をかけることはないはずだった。

期限は五日である。期限内に風間を始末できなければ、島蔵が縄を受けることになるだろう。

島蔵はすぐに動いた。極楽屋にたむろしている手下たちに指示し、平兵衛、右京、孫八、朴念を笹屋に集めた。極楽屋を避けたのは、風間の手先が見張っていることを恐れたからである。

暮れ六ツ（午後六時）過ぎ、五人の男が笹屋の二階に顔をそろえた。

酒肴の膳がとどき、喉をうるおした後、

「昨日、風間が極楽屋に姿を見せた」

島蔵がそう切り出し、風間とのやりとりをかいつまんで話した。

「風間の考えそうなことだな。それで、元締めの考えは」

平兵衛が訊いた。

「風間を斬るしかねえ。それも後、四日のうちにな」

島蔵が語気を強めて言った。

「おれがやるぜ」

すぐに、朴念が言った。朴念には、清次に親の敵を討たせてやりたい気持ちもあったのだ。

「朴念にも頼むが、風間の殺しは期限が限られている。それに、相手は八丁堀だ。だれにも分からねえように始末をつけなけりゃァならねえ。極楽屋の総出でやる」

「それがいいな」

平兵衛も、期限内に風間を殺るのは、朴念ひとりではむずかしいだろうと思った。

「風間も、用心してるはずだ。まず、風間を尾けて仕掛ける場を見付けなけりゃァなられえが」

島蔵がそう言うと、

「それは、あっしが」

と、孫八が言った。

「おれもやろう。これまで、何もやってないからな。それに、おれはまだ風間に疑われてないようだ」

右京が抑揚のない声で言った。

「孫八と片桐の旦那に頼みやしょう」

島蔵は、極楽屋を塒にしている者も使うつもりだ、と言い添えた。

それから五人は、酒を飲みながら捕らえられた忠三郎のことや利兵衛の配下の殺し人の動きなどを話し、五ツ（午後八時）過ぎに腰を上げた。

翌日から、孫八、右京、それに、極楽屋の男がふたり交替で、風間の跡を尾け始めた。ところが、まったく風間に隙がなかった。風間は造七が始末されたことで用心しているらしく、巡視のおりは何人も手下を引き連れて歩き、しかも陽が高いうちに八丁堀の組屋敷に帰ってしまうのだ。組屋敷に押し込んで斬るわけにはいかなかった。

風間だけは、人知れず始末せねばならないのである。

孫八が風間の跡を尾け始めて二日目だった。その日、孫八は風呂敷包みを背負い、手甲脚絆に草鞋履きで菅笠をかぶっていた。行商人に身を変えて、風間の跡を尾けていたのである。

孫八は焦っていた。今日、明日のうちに何とかしないと島蔵が捕らえられるのだ。

風間は五人もの手下を連れて歩いていた。いつもの巡視経路どおり、日本橋、神田とまわり、昌平橋《しょうへいばし》を渡って外神田へ出た。それから、神田川沿いの道を歩いて両国へ出、大川端をたどって八丁堀へ帰るのが、巡視の道筋である。

八ツ半（午後三時）ごろだった。風のない晴天で、初秋の陽射しが照りつけていた。ただ、それほど暑くはなかった。神田川の川面を渡ってきた風には秋の気配を感じさせる冷気があったのである。

天気がいいせいもあるのか、神田川沿いの道はいつもより人通りが多かった。店者、ぼてふり、町娘、従者を連れた武士、駕籠《かご》かき……。明るい陽射しのなかを様々な身分の男女が行き交っている。

神田川にかかる和泉《いずみ》橋のそばまで来たとき、風間が足をとめた。路傍に立ったまま、手下たちに何やら話している。

——風間たちが、二手に分かれたぜ。

その場で、風間は手先をふたり連れて、左手の路地へ入っていった。風間と別れた三人の手先は、何やら談笑しながら柳橋の方へ歩いていく。

風間はふたりの手下を連れて、佐久間町の裏店のごてごてつづく細い路地へ入っていった。巡視ではないらしい。風間に従ったふたりは、極楽屋にも連れてきた初老の男と顔の赭黒い岡っ引きだった。ただ、孫八はふたりが極楽屋に来たことまでは知らなかった。

孫八は慎重に身を隠しながら、風間たちの跡を尾けた。しばらく歩くと家並がとぎれ、畑や竹藪などが目につく寂しい地になった。

風間は生垣をめぐらせた仕舞屋の枝折り戸を押して、なかに入っていった。こぢんまりした妾宅ふうの家である。ふたりの男は戸口の近くに屈み込み、腰にぶら下げた莨《たばこ》入れを取り出して吸い出した。

――情婦《いろ》の家だ。

孫八は朴念から、風間が外神田にお園という妾をかこっていることを聞いていた。風間は巡視の途中お園の家に立ち寄ったにちがいない。

――やるなら、今日しかかねえ。

と、孫八は思った。

すくなくとも、風間は一刻（二時間）以上、この家にとどまるだろう。出てきたところで仕掛けるか、それともさらに尾けて大川端でやるか。いずれにしろ、手先はふたり、しかも風間が八丁堀に向かうのは夕方になるだろう。

孫八は走り出した。この場から最も近いのは、神田岩本町《いわもと》の長屋にいる右京である。神田川にかかる和泉橋を渡ればすぐだ。

朴念と清次のいる元鳥越町も遠くない。孫八は元鳥越町へ走った。まず、朴念に伝え、清次に右京と平兵衛の許へ走ってもらうつもりだった。その方が、早く連絡がつく。孫八は右京と平兵衛が間に合わなかったら、朴念とふたりだけで仕掛けようと思った。

第五章　襲撃

1

「朴念、あの家だ」

孫八が指差した。孫八と朴念は、風間が巡視の途中で立ち寄った仕舞屋が見える笹藪の陰にいた。孫八は朴念の住処である元鳥越町の長屋へ走り、清次を右京と平兵衛の許に走らせ、朴念だけを連れてこの場に引き返してきたのである。

「戸口のところにかがんでいるのが、風間の手先か」

朴念が訊いた。

「そうだ。風間は家にいるはずだ」

ただ、手下はひとりになっていた。大柄な男だけが、戸口の脇にかがんで莨《たばこ》を吸っていた。何か都合があって、ひとりは帰ったのかもしれない。

ただ、ひとりでも手下が待っているということは、風間が家のなかにいるということである。

陽は西の空にまわっていたが、まだ陽が射していた。七ツ（午後四時）ごろであろうか。風間が仕舞屋に入ってから半刻（一時間）ほどしか経っていない。

それから陽が家並のむこうに沈みかけたころ、右京が姿を見せ、さらに小半刻（三十分）ほどして、清次が平兵衛を連れてきた。これで、役者はそろったが、まだ風間は姿を見せなかった。

「おい、風間は裏口から出たんじゃァねえのか」

朴念が苛立《いらだ》ったような声で言った。

「そんなことはねえ。風間がいねえなら、手先が待っているはずはねえじゃァねえか」

「それもそうだ」

朴念が立ち上がって腰を伸ばしながら言った。

そろそろ暮れ六ツ（午後六時）の鐘が鳴るころである。そのとき、仕舞屋の戸口があいて男がひとり姿をあらわした。

「あいつ、何者だ」

朴念が目を剝いて言った。

出てきた男は八丁堀ふうではなかった。小袖を着流し、二刀を帯びていた。牢人体だった。おまけに、手に持っていた深編み笠を戸口でかぶったのである。

「風間だ。やつは、おれたちの目をごまかすために身を変えたんだ」

孫八が声を殺して言った。

風間は変装して襲撃者の目から逃れようとしているのだ。手下を帰したのもそのためであろう。牢人が手先を連れて歩くわけにはいかないのである。

「どうする、尾けるか」

右京が訊いた。

「ここで仕掛けよう」

平兵衛が即断した。辺りは寂しい場所で、風間と手先の他に人影はない。風間の跡を尾けて、大川端辺りで仕掛ける手もあるが、人目に触れないように始末するにはこの場の方がいいと判断したのである。

「よし、おれが先に行って風間の足をとめる。朴念と孫八は左手からまわり込め」

右京が言い置き、すぐに路地へ出た。

右京は羽織袴姿で御家人のような格好をしていた。しかも、風間たちに顔を知られてなかったので、殺し人とは思わないはずだ。

風間は枝折り戸を押して、路地へ出ようとしていた。そこへ、右京が足早に近寄っていった。右京の姿を見た風間が驚いたような顔をして立ちどまり、後ろにいた大柄な手先がすぐに前に出てきた。

「お侍さま、なんの用です？」

手先が刺《とげ》のある声で訊いた。

「いや、道に迷ってしまってな。ここはどこかな」

右京は口元に微笑を浮かべて穏やかな声で訊いた。端整な顔立ちのせいもあり、殺し人には見えない。人のいい御家人といった感じである。

「どこって、佐久間町ですよ」

手先が白けたような顔で言った。

そんなやり取りをしている間に、孫八と朴念は笹藪をつたい、迂回して生垣の陰に身を寄せていた。そして、足音を忍ばせて枝折り戸の方へ近寄っていく。清次と平兵衛は、孫八たちからすこし間を取って後方についた。

「佐久間町か」

「そこをどいてくだせえ。通れねえ」

手先がさらに前へ出ようとしたときだった。

「そろそろ、いいころだな」

言いざま、いきなり右京が刀を抜いた。

そのとき、ザザザッと生垣を擦る音がし、左手から疾走してくる人影が見えた。巨漢の朴念と孫八である。

「襲撃だ！」

叫びざま風間が反転し、戸口へ駆けもどろうとした。

手先は悲鳴とも喘鳴ともつかぬ奇声を上げ、腰から後じさった。それでも風間を守ろうとしたらしく、帯の後ろにはさんでいた十手を抜くと、

「て、てめえら、お上に盾突こうってえのか！」

と、甲走《かんばし》った声を上げた。

右京は、スッと手先の前に踏み込み、刀身を振りかぶった。

ヒイッ、と喉の裂けるような声を上げ、手先が右京の斬撃を受けようと十手を振り上げた。その瞬間、右京は峰に返しざま胴を払った。一瞬の流れるような太刀捌きである。

刀身が腹を打つにぶい音がし、手先は呻き声を上げてうずくまった。

その間に、風間は戸口の引き戸をあけて、家のなかに逃げ込んだ。

「孫八、裏口へまわってくれ」

平兵衛が声をかけた。風間の逃げ道をふさぐためである。

へい、と声を上げて、孫八が裏手へまわった。

「あくぞ」

朴念が引き戸をあけ放った。

朴念につづいて、平兵衛、清次が土間へ入った。右京は念のために手下のそばにいるようだ。

土間の先に狭い板敷きの間があり、つづいて畳敷きの部屋になっていた。人影はない。

そのとき、家の奥で荒々しい足音や引き戸をあける音がし、風間の怒声と女の罵《のの》るような声が聞こえた。風間が女のいる部屋へ逃げもどったらしい。

「行きやすぜ」

朴念が上がり框から板敷きの間へ踏み込んだ。すでに、朴念は右手に手甲鈎を嵌めている。熊のような巨軀だが動きは敏捷で、すこし身をかがめて座敷を素早く横切った。平兵衛と清次が後につづく。

2

風間と女は奥の座敷にいた。寝間らしい。屏風の陰に夜具がたたんで置いてあり、衣桁《いこう》には緋色の襦袢《じゆばん》がかけてあった。妾宅の寝間らしい淫靡《いんび》な雰囲気がただよっている。

風間は座敷の隅にひき攣《つ》った顔で立っていた。深編み笠は取っていた。女は風間の背に張り付くように身を隠し、風間の肩先から入ってきた平兵衛たちに顔をむけていた。お園であろう。顔が紙のように白くなり、目がつり上がっている。

朴念、平兵衛、清次の三人が風間を取りかこむように立った。

「な、なんだ、おまえたちは！」

風間が声を震わせて言った。

「地獄の鬼だよ」

平兵衛がくぐもった声で言った。いつもの好々爺《こうこうや》のような顔は仮面を取ったように豹変し、殺し人らしい凄味のある顔をしていた。

「お、おれを斬る気か」

風間は右手で刀の柄をつかんだが、抜こうとはしなかった。恐怖に襲われ、立ち向から気などないようだ。

そのとき、風間の後ろにいたお園が、

「こ、この人は八丁堀の同心だよ。この人を殺したら、あんたたちの命はないからね」

と、甲高い声で叫んだ。

色白の年増だった。面長で痩せている。興奮と恐怖で体が瘧慄《おこりぶる》いのように顫え、狂気を帯びたような目をしていた。

「女はどけ、いっしょにたたんじまうぞ」

朴念がうす笑いを浮かべながら言った。

「た、助けてくれ！」

風間が悲鳴のような声を上げた。風間は刀を抜こうとせず、左手を後ろにまわしてお園の着物をつかんでいる。かばうというより、人質にしているように見えた。女がいっしょなら、斬りつけないと思っているのであろうか。

平兵衛が風間の前に出てきて、

「風間、おまえたちの頭は利兵衛か」

と、訊いた。斬殺する前に、風間から腑に落ちないことを訊いてみようと思ったのである。はたして利兵衛が一味の頭なのかどうか、平兵衛や島蔵は疑念を持っていたのだ。

「り、利兵衛だ」

「松代屋のあるじが、おまえたちの頭の利兵衛なのだな」

「お、おれは、だれが利兵衛なのか知らねえ」

そう言ったとき、風間の口元から白い歯が見えた。笑おうとしたらしいが、すぐに恐怖の表情に変わった。

「この人は、だれが利兵衛なのか、知りゃァしないよ」

お園が、風間の肩口から顔を突き出すようにして言った。

「うむ……」

ふたりの口振りから察すると、松代屋の主人の利兵衛は一味の頭目の利兵衛ではないようだ。では、頭目の利兵衛はだれなのか。平兵衛は、お園が利兵衛のことを知っているのではないかと思った。

「助けてくれ、金なら出す」

風間が哀願するように言った。

「そうはいかねえ。おめえを恨んでる者もいるしな」

そう言って、朴念が脇にいる清次に目をやった。

清次は目をつり上げて、風間を睨むように見すえていたが、朴念にうながされて風間の前に出てきた。

「造七は、おれが殺した。おとっつァんの敵だ!」

清次が声を震わせて言った。

「なに……」

風間は驚いたような顔をして清次を見た。

「おれのおとっつァんは、造七とおめえに殺されたんだ」

「おれはおめえの親を殺した覚えはねえぜ」

「十年ほど前《めえ》、佐久間町で瀬戸物屋をやっていた盛助を知ってるだろう。おれは、盛助の子だ」

「盛助だと……」

風間は記憶をたどるように虚空に視線をとめていたが、急に視線を清次にむけ、

「とんだ逆恨みだ。盛助は病《やまい》で死んだんだぜ」

と、苦い顔をして言った。

「ちがう、おとっつァんは、おめえと造七に濡れ衣を着せられて責め殺されたんだ。おとっつァんだけじゃァねえ。おっかさんも無理がたたって、おとっつァんの後を追って死んじまった。おれは、おめえたちに両親《ふたおや》を殺されたんだ」

清次が憎悪のこもった口調で言った。体が顫えている。清次の胸に両親を殺された恨みが衝《つ》き上げてきたらしい。

「……！」

風間は清次の激しい憎悪を感じ取ったらしく、たじろいだように視線を落とし息をつめていた。

「おめえも、造七と同じように冥途へ送ってやらァ！」

清次が、ふところから匕首を取り出した。顔が蒼ざめ、構えた匕首の切っ先が震えている。風間を見すえた目が狂気を帯びたようにひかっていた。

清次が匕首を抜いたのを見た風間は、

「がきの分際で、八丁堀に盾突こうってえのか」

言いざま、刀を抜いた。相手が清次と見て、斬れると思ったのであろう。風間は、いきなり清次に斬りかかった。

刹那、脇にいた朴念が前に跳んだ。

左手で清次の胸を突き飛ばし、右手の手甲鈎で風間の刀身を受けた。一瞬の敏捷な動きである。

「じたばたするんじゃァねえ！」

叫びざま、朴念は右腕を振って刀身を払い落とした。凄まじい腕力である。

風間の体勢がくずれ、前に体が泳ぐところを、朴念はさらに手甲鈎を斜にふるった。

風間の肩口から胸にかけて着物が裂け、肌に血の筋がはしったと見えた、次の瞬間、首根から血が迸り出た。鈎の一本が首筋を掻き切ったらしい。

「清次、いまだ、突け！」

朴念が叫んだ。

その声に、清次は目をつり上げて体ごとぶち当たった。匕首が風間の腹に深く突き刺さった。

グワッ、と風間が呻き声を上げて身を反らせたが、その場につっ立ったまま動かない。風間は眼球が飛び出るほど白く目を剝き、顎を突き出すようにして唸り声を上げた。その顔に首筋から噴出した血が飛び散り、赭黒く染めている。

体を密着させた清次の顔や胸にも血飛沫《ちしぶき》が飛んだ。ふたりは血達磨《ちだるま》になりながら、身を寄せ合ったままつっ立っている。

よろっ、と風間の体が揺れ、一歩、二歩、身を引いたが、ふいに沈み込むようにお園の足元に尻を落とした。

お園は、ヒイッと喉の裂けるような悲鳴を上げて後じさり、後ろの障子に背が付くとその場にへたり込んだ。お園の顔にも血飛沫が飛んでいる。

風間は尻餅《しりもち》をついた格好のまま畳の上に座り込み、うなだれていた。首筋から血が膝先に流れ落ちている。ヒクヒクと首が動いていたが、呻き声も息の音も聞こえなかった。絶命したようである。

清次は目をつり上げたまま何かに憑《つ》かれたような顔をして立っていたが、朴念に、親の敵を討てたな、と声をかけられると、急に顔をゆがめた。泣きだす寸前のような顔だった。清次の胸に、抑えていた強い感情が衝き上げてきたのである。

3

そのとき、右京が風間の手下を連れて座敷に入ってきた。手下は苦痛に顔をしかめていたが、ふてぶてしい表情は残っていた。ところが、血まみれになって死んでいる風間の姿を見ると、色を失い、恐怖に身を顫わせた。

右京は手先をお園の脇に座らせると、

「この男の名は五平《ごへい》、風間に手札をもらっているそうだ」

と、抑揚のない声で言った。

「まず、お園から話を聞こうか」

そう言って、平兵衛がお園に目をむけた。平兵衛はお園も利兵衛たちと何かかかわりがあるのではないかと思っていた。

「お園、風間とはどこで知り合った」

平兵衛は、そのことから訊いた。

「知らないね」

お園は顎を突き出すようにして外方《そっぽ》を向いた。気丈な女のようだ。

「わしはな、地獄の鬼だ。女も子供も容赦しないぞ」

平兵衛の静かな物言いには、身を凍らせるような酷薄なひびきがあった。ふだんの研ぎ師とは豹変し、残酷な殺し人になりきっているのだ。事実、平兵衛は殺しに臨んだときは、女や子供にも容赦なく刀をふるった。情を断ち切らねば、殺しの稼業はやっていけないのである。

平兵衛は刀を抜くと、襟元がはだけてひろがったお園の胸元にいきなり切っ先をつけ、肌を横に斬り裂いた。

ヒイイッ、とひき攣ったような悲鳴を上げ、お園は恐怖に目を剝いた。白い肌に血の線がはしり、縄簾《なわすだれ》のように血が流れ落ちている。

「次は顔を引き裂く」

平兵衛は、ゆっくりと切っ先をお園の頰に近付けた。

「は、話すよ。話すから、やめておくれ」

お園は凍りついたように身を硬くして言った。

「そうか。では、訊く」

平兵衛は刀身を下げた。

「風間と知り合ったのは、どこだ」

「……ま、松代屋だよ。あたしは、松代屋で女中をしてたのさ」

お園はふてくされたような顔をして言ったが、声が震えていた。平兵衛を恐れているのであろう。

「家はどこにある」

「そ、そんなもの、あたしにはないよ」

「生まれは？」

「お、大坂だよ」

「大坂か。おまえは松代屋利兵衛の女だったのだな」

「そうさ」

お園はひらきなおったような顔で言った。

平兵衛はそれほど驚かなかった。あるいは、利兵衛の情婦だったのではないかとの思いがあったからである。おそらく、お園は利兵衛の指図で、風間を籠絡するために近付いたのであろう。風間は女と金のために、町方同心としての心を利兵衛に売ったにちがいない。

「松代屋の利兵衛が、おまえたちの頭ではないのか」

風間に訊いたことを、もう一度お園に訊いた。

「……ちがうよ」

「では、だれだ」

「し、知らないよ。嘘じゃない。あたし、知らないんだ」

お園がむきになって言った。

「ならば、なぜ、松代屋利兵衛が頭でないと知っているのだ」

「旦那が、お頭の指図だ、と言ったのを何度か聞いたことがあるし、旦那は脅《おど》し取った金をだれかに渡してたようだもの。それに、旦那の本当の名は、利兵衛じゃァないんだよ」

お園が旦那と呼んだのは、情夫だった松代屋利兵衛らしい。

「松代屋利兵衛の本当の名は？」

平兵衛が語気を強くして訊いた。

「伊代吉《いよきち》だよ。大坂にいたころは伊代吉だったけど、江戸に出てから利兵衛を名乗ったのさ」

お園によると、大坂で遊女をしていたころ伊代吉が馴染み客となり、身請《みう》けされていっしょに江戸に出たのだという。江戸に出たお園は、伊代吉に命ぜられるまま松代屋の座敷女中として働き、風間の妾にもさせられたのだそうである。

「うむ……」

松代屋利兵衛は伊代吉の偽名のようだ。

伊代吉が、江戸から姿を消した利兵衛を知っていて、勝手に名乗ったのであろうか。平兵衛は、ちがうような気がした。江戸にいた利兵衛のことを、大坂にいた伊代吉が知っていたとは思われない。やはり、伊代吉は江戸から大坂へ逃れた利兵衛と何かかわりがあるはずである。

「大坂にいたころ、伊代吉のそばに利兵衛と呼ばれていた男がいなかったか」

平兵衛が訊いた。

「いないよ、そんな男」

「そうか。……ところで、伊代吉は大坂からおまえを連れてひとりで江戸へ出てきたのか」

「別に、男がふたり江戸へ来たらしいよ。あたしは、伊代吉さんと二人旅だったから、くわしいことは知らないけどね」

「ふたりの名が分かるか」

「重蔵さんと佐太郎さんらしいよ」

佐太郎は鳶の佐太郎であろう。大坂から、伊代吉といっしょに江戸へ出てきたようだ。

「重蔵は、松代屋の番頭か」

松代屋を実質的に切り盛りしている男だった。重蔵は、伊代吉といっしょに大坂から江戸へ出てきたらしい。

――重蔵が、利兵衛かもしれぬ。

と、平兵衛は思った。だが、確かなことは分からない。番頭という身分どおり、重蔵は主人である伊代吉の配下なのかもしれない。

「松代屋には、お篠という女将がいたな。お篠は、伊代吉の情婦《いろ》なのか」

「ちがうよ。伊代吉さんはお篠さんに、手も触れやァしないよ」

お園が嘲《あざけ》るような口調で言った。

「お篠の旦那は、だれなのだ」

「旦那はいないって話だけどね。あたしが見たところ、重蔵さんとできてるね」

お園の目に、女同士の悋気《りんき》を思わせるねっとりしたひかりがあった。

「うむ……」

重蔵が利兵衛であり、一味の頭なら、自分の情婦であるお篠を女将として店に入れたとも考えられる。

だが、推測だった。伊代吉や佐太郎に質《ただ》せば、はっきりするだろう。

「ところで、佐太郎と相模の住処はどこだ」

平兵衛は、ふたりの塒もつきとめたかった。そのためもあって、お園をすぐに殺さずに話を聞いたのである。

「佐太郎さんは、船松町《ふなまつ》の長屋に住んでるって聞いたよ」

船松町は、本湊町の隣町である。

「長屋の名は」

「知らないけど、渡し場の近くだと言ってたね」

船松町には、佃島への渡し場があった。佐太郎の住む長屋はその近くなのであろう。

「相模は？」

「知らないよ。松代屋にいたとき、一度見ただけだもの」

「そうか」

お園も、相模のことは知らないようだ。相模は大坂から同行した男ではないので、接触もすくないのだろう。

そのとき、朴念が手甲鈎の先を五平の首筋に当てて、

「おめえ、知ってるだろう」

と、恫喝《どうかつ》するような口調で訊いた。

五平は首を伸ばしたまま、

「さ、相模の旦那も、船松町だと言ってやした」

と、声を震わせて言った。

朴念が、くわしい住処を訊いたが、五平は長屋なのか借家なのかも知らないらしかった。

それから、お園と五平に、利兵衛のことや他の手下のことなどを訊いたが、新たに分かったことは、松代屋に伊代吉の指図で動く手下が四人いることだけだった。いずれも、包丁人や男衆として店で働いているとのことである。

松代屋の男の奉公人は、四人の他に耳の遠い老爺が下働きとして勤めているだけだという。松代屋は、利兵衛を名乗る伊代吉一味の隠れ家にもなっているようだ。

「さて、話を聞かせてもらったな」

平兵衛が、一歩後ろに身を引いた。

そして、おもむろに刀の柄に右手を添えた。平兵衛の頼りなげな老体を剣気がつつみ、まがった背が伸びたように見えた。お園を見つめた目が、切っ先のようにひかっている。

そのとき、右京も刀の柄に手を添え、五平の前に立った。右京の体にも殺気がみなぎっている。

「た、助けて……」

お園が恐怖に顔をひき攣《つ》らせて後じさった。

「かわいそうだが、助けることはできぬ」

言いざま平兵衛は抜刀し、お園の胸に刀身を突き刺した。

切っ先は、逃げようとわずかに身を引いたお園の胸をとらえて背中まで抜けた。

お園は身を反らせ、目尻が裂けるほど目を剝いたが、悲鳴も喚き声も上げなかった。口をあけて、わずかに呻き声を洩らしただけである。

それを見た五平が、逃げようと慌てて畳を這った。右京がスッと身を寄せ、背から五平を突き刺した。

右京の切っ先も胸から抜けた。五平は絶叫を上げ、串刺しになったままなおも這って逃れようとした。

右京が刀身を抜くと、五平の背から血が吹き出し、驟雨《しゅうう》のように血飛沫《ちしぶき》が散った。

五平は獣の咆哮のような叫び声を上げ、血を撒きながら這いまわったが、両腕で体を支えられなくなったらしく、つんのめるような格好で頭から前につっ伏した。

五平は血海のなかで身をよじっていたが、いっときすると動かなくなった。着物がはだけ、血の池にでも浸したように体中が血まみれになった。凄絶な死体である。

「ざまはねえや」

朴念が言った。その顔には、いつものように腑抜けたような笑いが浮いていた。興奮したときも、この笑い顔になるらしい。

「どうします」

右京が抑揚のない声で訊いた。

右京の表情は変わらなかった。相変わらず、その白皙に物憂いような翳が張り付いている。

「盗賊でも、押し入ったように見せよう」

平兵衛が言った。

平兵衛たち四人は、寝間の夜具を散らしたり、居間の簞笥《たんす》から着物を引き出したりして盗賊が金品を物色したように装ってから仕舞屋を出た。

4

平兵衛たちが風間を始末した三日後、孫八が佐太郎の住処をつきとめてきた。お園が話したとおり、船松町の渡し場のちかくにある棟割り長屋だという。

「相模の塒はどうだ」

島蔵が訊いた。

この日、極楽屋に平兵衛と右京が来ていた。そこに、孫八が姿を見せて、佐太郎の住処を話したのである。

「分からねえ。ただ、ここのところ相模と佐太郎は連日のように松代屋へ行ってるようですぜ」

孫八は松代屋に出入りしている魚屋から、それらしい男が出入りしていることを聞いたという。

「風間が始末されたことを知って、用心してるんだな」

そう言って、島蔵が猪口に手をのばした。今日は、めずらしく島蔵も飯台に腰を下ろして酒を飲んでいた。極楽屋に住み着いている男たちが店に顔を出さず、暇だったので飲む気になったようだ。

「どうしやす」

孫八が、佐太郎を始末するかどうか訊いた。

「一気に始末してえが、松代屋に押し入るわけにはいかねえな」

島蔵が、相模と佐太郎が松代屋にいるとき襲えば、一気に片が付くが、大騒動になるだろうと言い添えた。

女中と下働きの老爺を除いても、松代屋には、伊代吉、四人の手下、相模、佐太郎、それに重蔵という正体の分からぬ男がいる。島蔵を元締めとする四人の殺し人で戦えば、激しい斬り合いになり、殺し人からも犠牲者が出るだろう。殺し人は影の狩人でもあった。利のない戦いを避け、闇のなかで確実に始末するのが殺し人のやり方なのである。

「それに、馬道の利兵衛がだれなのかも分からぬ」

平兵衛は重蔵ではないかと思っていたが、はっきりしたことは分からなかった。

「いずれにしろ、相模の塒が分かったら、まず、相模と佐太郎を始末しやしょう」

そう言って、島蔵が猪口の酒を飲み干した。

平兵衛たちに異存はなかった。敵が多勢であっても、ひとりひとり闇のなかで始末したかったのである。

極楽屋へ出かけた二日後、平兵衛は妙光寺《みようこうじ》にいた。本所番場《ばんば》町にある無住の寺である。境内は鬱蒼《うつそう》とした杉や樫《かし》の杜にかこまれ、人目を避けて木刀や真剣を振るのに格好の場所であった。

平兵衛は殺しに取りかかる前、この寺に来て体を鍛えなおすのを常としていた。平兵衛は若いころの強靱《きようじん》な肉体、敏捷な動き、いつまでも息の上がらない持久力などを取りもどそうとしたのでない。老いた体は、いかに鍛えようと元にもどらぬことは分かっていた。平兵衛が取りもどしたかったのは、敵と対峙したときの一瞬の反応と真剣勝負の勘であった。

平兵衛は真剣の素振りから始めた。手にしたのは愛刀の来国光《らいくにみつ》、一尺九寸である。いつも、殺しのときに遣っている刀である。身幅のひろい剛刀で、切れ味はするどい。

定寸よりすこし短いが、小太刀の太刀捌きを生かすため、平兵衛自身で刀身を截断してつめたものだ。

全身にうっすらと汗をかくまで刀を振って体をほぐすと、「虎の爪」の刀法をくりかえし稽古《けいこ》した。

逆八相に構えると、相模の下段の構えを脳裏に描いて対峙し、一気に踏み込んで袈裟に斬り下ろす。虎の爪は、一瞬の鋭い寄り身と敵刃を恐れぬ果敢さが命である。刹那、脳裏に描いた相模も、下段から平兵衛の下腹部を突くと見せて、逆袈裟に斬り上げてくる。

平兵衛の袈裟斬りと相模の逆袈裟。一瞬の差が、勝負を分けるはずである。

——ほぼ互角か。

平兵衛は相打ちであろうと感知した。

さらに、迅《はや》く鋭い斬撃でなければ、相模を斃《たお》すことはできないだろう。

平兵衛はふたたび逆八相に構え、相模の構えと太刀筋を脳裏に描きながら、虎の爪をふるった。

小半刻（三十分）も刀をふるうと平兵衛の全身は汗まみれになり、心ノ臓が激しく喘ぎだした。

——なかなか、思うように動かぬわ。

衰えた体が、鋭い動きや反応の迅さをとりもどすのはむずかしい。

それでも、平兵衛は相模の下段からの剣を脳裏に描き、虎の爪の刀法をくりかえした。

平兵衛がここに来て一刻（二時間）ほどしたとき、山門の方で足音がした。刀を下ろして目をやると、孫八が足早にやってくる。

手に貧乏徳利を提《さ》げていた。酒が入っているらしい。

「やはり、ここでしたかい」

孫八が声をかけた。平兵衛が殺しにとりかかるとき、この寺に来てなまった体を鍛えなおすことを孫八も知っていたのだ。

「一杯《いっぺい》やりやすかい」

孫八が貧乏徳利を差し出した。

「一杯だけもらおうか」

平兵衛は喉が渇《かわ》いていた。それに、孫八がせっかく用意してくれたのである。乾いた大地に慈雨が染みていくように、徳利に口をつけて喉を鳴らして一合ほど飲んだ。それとともに、全身に覇気と活力がみなぎってくるようであった。平兵衛の体に酒気がひろがっていく。

「今日のところは、これだけにしておこう」

平兵衛は貧乏徳利を孫八に返した。

「ところで、何か知れたのか」

平兵衛は、朽ちた本堂の方にゆっくりと歩きながら訊いた。

「へい、相模の塒が知れやした」

孫八は平兵衛に跟《つ》いてきながら、相模の住処は船松町の借家だと言い添えた。

「元締めにも知らせたのか」

平兵衛は本堂の階《きざはし》に腰を下ろし、流れる汗を手ぬぐいでぬぐった。

「へい、元締めは、あっしらが二手に分かれて佐太郎と相模を同時に殺《や》ればいいと言ってやしたぜ」

「同時にな」

「へい、佐太郎と相模の塒は近いので、片方に知られず別々に仕掛けるのは無理なんでさァ。下手をすると、片方に逃げられやすからね」

「そうだな」

相手が佐太郎と相模のふたりなら、平兵衛たちが二手に分かれても戦力は十分である。平兵衛たち殺し人は四人いるのだ。

「それで、いつ?」

「二、三日のうちに。あっしと清次とで佐太郎と相模の塒を見張り、ふたりがいるときを知らせに来やす」

「分かった」

平兵衛は来国光を手にして立ち上がった。もうすこし、虎の爪の稽古をつづけようと思ったのである。

薄い血を流したような残照が、西の空を染めていた。大川端の柳が、川風にサワサワと揺れている。

5

暮れ六ツ（午後六時）前である。薬研《やげん》堀の近くの大川端だった。平兵衛、右京、孫八が日本橋方面にむかって歩いていた。

平兵衛は筒袖にかるさん、草鞋履きである。腰に来国光を差していた。その姿は町医者か宗匠のように見えるが、腰の刀も脇差に見えるので不自然ではない。右京はいつものとおり御家人のような姿である。

孫八は貧乏徳利を手にしていた。平兵衛のために用意したのである。

大川端通りの表店はまだひらいていて、夕暮れ前の賑やかさにつつまれていた。平兵衛たちは通行人のなかを足早に歩いていた。向かっているのは、船松町である。

この日、孫八が平兵衛の長屋に、今夕仕掛けることを知らせてきた。相模と佐太郎はそれぞれの住処にいるという。

孫八といっしょに両国橋をわたると、西の橋詰で右京が待っていた。孫八は平兵衛の家へ来る前、右京に知らせていたのである。

「おれと安田さんで、相模を殺るのか」

歩きながら右京が念を押すように訊いた。

「へい、佐太郎は、あっしと朴念とで始末つけやす」

孫八は、平兵衛と右京を相模の住処まで案内したら後はまかせることを言い添えた。

「相模は家を出ないかな」

平兵衛が訊いた。独り身の相模は、酒でも飲みに外出するのではないかと思ったのである。

「嘉吉が見張ってやすから」

嘉吉も、極楽屋に住み着いている男である。

孫八によると、相模を嘉吉が、佐太郎を清次が見張っているという。

「家を出れば、また明日でさァ」

孫八が言った。

「そうだな」

いつまでも長引かせるわけにはいかないが、焦《あせ》ることはないのである。

三人は薬研堀を過ぎたところで、右手にまがり、浜町堀《はま》にかかる栄橋《さかえ》を渡った。日本橋の町筋を歩いているときに、石町《こく》の暮れ六ツの鐘が鳴った。

西の空の残照が薄れ、空の暗さが増していた。縁の赤らんだ黒雲が、流れている。

平兵衛は、自分の手が震えているのが分かった。船松町が近付き、相模との立ち合いを意識し、恐怖と興奮が高まってきたのだ。

「見ろ、わしの手を」

平兵衛が歩きながら、右手を右京に見せた。

「安田さんの顫えは、体から剣気が溢《あふ》れ出た証ですよ」

右京はこともなげに言った。右京も、平兵衛が立ち合いに臨む前、体が顫え出すことは知っていたのだ。

「わしの体が、相模を怖がっているのだ」

平兵衛は、自分が臆病だと思っていた。強敵に挑むとき、きまって体が顫え出すのである。妙光寺で真剣を振ったのも、老いた体を鍛えなおすのと同時に、己の臆病さを払拭させる狙いもあったのである。

平兵衛と右京のやり取りを聞いていた孫八が、

「それに、旦那にはこれがありやすから」

と言って、貧乏徳利を高く掲げた。

平兵衛は立ち合いの前に酒を飲む。そうすると、酒気が全身を駆けめぐり、気勢がみなぎり、怯《おび》えが消え、体中に自信と闘気が満ちてくるのだ。そのことを孫八は知っていて酒を用意してくれたのである。

「すこし急ぎやしょう」

孫八がさらに足を速めた。平兵衛と右京も遅れずに後についた。

三人は江戸橋を渡ると、八丁堀を経て八丁堀川にかかる稲荷橋を渡った。町筋は、濃い暮色につつまれている。

船松町へ入ってすぐ、孫八は右手の路地へ入っていった。小体な店や表長屋などがごてごてとつづく狭い通りである。どの店も板戸をしめ、通りに人影はなく、ひっそりとしていた。ただ、どの家も起きているらしく戸の隙間から灯《ひ》が洩れ、かすかな人声や物音が聞こえてきた。

細い路地を一町ほど歩いたところで、孫八が足をとめ、

「ここで、ちょいと待っておくんなせえ」

と言い残し、裏店の間の狭い路地に駆け込んだ。

いっとき待つと、孫八はもどってきて、

「佐太郎はいるようですぜ。朴念たちも来ていやす」

と、小声で伝えた。どうやら、狭い路地の先に佐太郎の住む長屋があるらしい。

「相模の塒はこっちで」

すぐに、孫八が歩きだした。

しばらく歩くと、路地の左右の家屋がとぎれるようになり、空地や藪などが目につくようになった。

古い板塀でかこった家のそばまで来て、孫八が足をとめた。すると、板塀の脇から人影があらわれ、孫八のそばに走り寄ってきた。嘉吉である。

「相模は、なかにいやすで」

嘉吉が小声で言った。

どうやら、板塀でかこった家が相模の住む借家らしい。相模は起きているらしく、夜陰にかすかに灯が洩れている。

「ひとりか」

平兵衛が訊いた。その声が震えていた。両腕は、見た目にもはっきり分かるほどの震えである。

「へい……」

嘉吉が不安そうな顔をした。平兵衛の体が顫えているのを見たのである。嘉吉は、立ち合いの前に平兵衛の体が顫え出すことを知らないのだ。

「旦那、やりやすかい」

孫八が貧乏徳利を差し出した。

「もらおう」

平兵衛は孫八から貧乏徳利を受け取ると栓を抜き、ゴクゴクと喉を鳴らして五合ほど一気に飲んだ。

すぐに、こわばっていた平兵衛の顔に朱がさし、双眸が燃えるようなひかりを帯びてきた。体の顫えがとまり、全身に気勢が満ち、丸まっていた背が伸びたように見えた。

平兵衛は自分の両手をかざして見た。震えはとまっている。

——斬れる！

平兵衛は胸の内でつぶやいた。真剣勝負の怯えや相模に対する恐怖心が消えていた。虎の爪の命である敵刃を恐れぬ豪胆さと自信が肚《はら》に満ちてきた。

その様子を見ていた右京が、

「相模の始末、安田さんにお願いしよう」

と、すずしい顔で言った。端《はな》から、右京は平兵衛が助太刀を望まなければ、平兵衛にまかせる気でいたのだ。

「それじゃァ、あっしは行きやす」

そう言い残して、孫八は駆けだした。朴念とふたりで、佐太郎を斃《たお》すのであろう。

6

平兵衛は、もう一度酒を口に含み、来国光の柄に吹きかけた。

「まいるぞ」

小声で言って、平兵衛はちいさな木戸から敷地内に入った。すこし間を置いて、右京と嘉吉が跟《つ》いてくる。

平兵衛は木戸の脇を通って、庭に出た。様子の分からない他人の家のなかで戦うのは不利である。相模を外におびき出して、立ち合いたかった。

辺りは夜陰につつまれていたが、まだ立ち合えるだけの明るさは残っていた。雑草におおわれた狭い庭だが、足場は悪くない。

家のなかで、かすかに物音がした。瀬戸物の触れ合うような音である。あるいは、手酌で独り酒でも飲んでいるのかもしれない。

「相模兼十郎、いるか！」

平兵衛が声をかけた。

すると、物音がやみ、人の立ち上がる気配がした。だが、足音はせず、何者だ、と誰何する声が返ってきた。

「地獄に棲む鬼」

平兵衛は小声で答えた。

すると、畳を踏む足音がし、庭に面した障子がひらいた。

行灯の灯を背に受けて、黒い人影が浮かび上がった。

「来たな」

相模の口元に白い歯が見えた。顔の表情は見えなかったが、笑ったらしい。己の剣に自信があるのであろう。

「決着をつけようぞ」

「望むところだ」

相模は大刀をたずさえて縁側に出てきた。そのとき、平兵衛の背後にいる右京と嘉吉を目にしたらしく、

「大勢でなければ、おれを斃せぬか」

と、顔をしかめて言った。

「後ろのふたりは、検分役だ。わしとの勝負がつくまで、手は出さぬ」

「そうか。ならば、鬼三匹を成敗してくれよう」

相模は刀を腰に帯び、手早く袴の股立《ももだち》を取った。

それを見て、平兵衛は三間ほど右手に移動した。相模が庭に下りてからの立ち合いの間合を取ったのである。

相模は庭に下りた。ゆっくりとした足運びでまわり込み、平兵衛と対峙した。

「抜き合わせる前に訊いておきたいことがある」

平兵衛が言った。

「なんだ」

「おぬしの腕を買ったのは、松代屋の伊代吉か」

「伊代吉の名をどうして知った」

相模は驚いたような顔をした。平兵衛たちが、伊代吉の名を知っているとは思わなかったのであろう。

「わしらも、手をこまねいて見ていたわけではない」

「そうか、風間とお園か。ふたりを始末したのはうぬらとみていたが、斬る前に口を割らせたな」

「伊代吉ではあるまい」

一味の巨魁は伊代吉ではない、と平兵衛はみていた。

「お察しのとおりだ」

言いざま、相模が抜刀した。

「馬道の利兵衛であろう」

平兵衛は馬道の利兵衛の名を口にした。利兵衛がどこかにいて、伊代吉たちに指図しているはずなのだ。

「よく知ってるな。馬道の利兵衛のことは風間もお園も知らないと聞いていたがな」

相模は切っ先を足元に落とし、下段に構えた。

平兵衛は刀の柄に手をかけたが、まだ抜かなかった。どうしても、立ち合う前に確かめたいことがある。

「重蔵が利兵衛か」

平兵衛は伊代吉に指図できる立場にいるのは、番頭の重蔵しかいないと思っていた。

「それを知っているなら、おぬしの首はもっと高く売れそうだな」

相模がうす笑いを浮かべながら言った。

——やはり、重蔵が利兵衛のようだ。

松代屋の番頭は隠れ蓑であろう。影の巨魁は重蔵こと、馬道の利兵衛だったのだ。

それに、相模は利兵衛の配下ではないようだ。利兵衛に依頼され、金ずくで殺しを請け負っているのである。平兵衛たちと同じ殺し人なのだ。

「抜け！」

相模が強い声で言った。

「よかろう」

平兵衛は来国光を抜いた。

ふたりの立ち合いの間合は、およそ三間。相模は切っ先が地面に触れるほどの低い下段に構えた。両肩をやや落とし、全身の力を抜いている。身構えに覇気が感じられなかった。ぬらりと立っているように見える。

対する平兵衛は逆八相に構えた。肩に担ぐように構えていた刀身をすこし立て、切っ先が上空を向くようにした。

平兵衛は妙光寺で、脳裏に描いた相模の剣と対戦するうち、逆八相からの太刀捌きを迅くするために刀身を立てて構えることを思いついたのである。

「行くぞ」

言いざま、相模が間合をつめ始めた。

つ、つ、と擦り足で間合をつめてくる。覇気のない構えに見えるが、下から突き上げてくるような威圧があった。寄り身とともに全身に覇気が生じ、すこしずつ切っ先が上がってくる。

突如、平兵衛が動いた。

平兵衛の全身に気勢が満ち、体が膨れ上がったように見えた瞬間、
イヤアッ！

裂帛の気合を発して疾走した。

刹那、相模の剣尖が上がり、迫っていく平兵衛の下腹部に当てられた。一度、対戦していたので、相模は平兵衛の虎の爪の動きを予想していたのだ。

双方が斬り込めば切っ先がとどく斬撃の間境へ平兵衛が踏み込んだ瞬間、相模の切っ先が平兵衛の下腹部に伸びる。

この太刀筋を読んでいた平兵衛は、すかさず袈裟に斬り下ろした。一瞬の鋭い斬撃である。

刹那、相模は刀身を返しざま逆袈裟に斬り上げようとした。以前と同じ太刀筋である。

次の瞬間、にぶい金属音がし、相模の刀身がはじき落とされた。平兵衛の斬撃が以前より一瞬迅かったため、相模が斬り上げようとした瞬間をとらえたのだ。

相模の両腕が下がり、肩口に隙が生じた。

間髪を入れず、平兵衛は鋭い気合を発しざま袈裟に斬り下ろした。

ザクリ、と相模の肩口が割れ、胸部にかけて柘榴《ざくろ》のようにひらいた。相模は呻《うめ》き声を上げてのけぞり、前に泳いだ。ひらいた傷口から血が噴出し、見る間に相模の上半身を真っ赤に染めていく。

一瞬の一太刀で勝負は決した。

相模は数歩前に泳ぎ、踏みとどまって反転しようとした。だが、腰がまわりかけたところでがっくりと片膝が地面についた。そして、目をつり上げて平兵衛を見たが、そのまま前につっ伏した。ひらいた肩口から截断された鎖骨が白く見えた。まさに猛獣の爪のようである。

平兵衛は、ハアハアと荒い息を吐き、血刀をひっ提げたまま倒れた相模のそばに立っていた。しだいに全身の昂《たかぶ》った血が引いていく。顔が朱を掃き双眸が爛々とひかり、まさに鬼のようだった平兵衛の顔が、おだやかな表情をとりもどしてきた。

「安田さん、やりましたね」

右京が近付いて声をかけた。滅多なことでは表情を変えない右京の顔にも、驚きの色があった。それだけ、平兵衛の虎の爪の一太刀は凄まじかったのである。

「すげえ！　肩から腹まで裂けてる」

嘉吉が相模の傷を見て、驚嘆の声を上げた。

7

「孫八、長屋に押し入るか」

朴念が訊いた。

孫八、朴念、清次の三人は、斜向かいに路地木戸の見える路傍の椿《つばき》の陰にいた。路地木戸の先には佐太郎の住む棟割り長屋があった。三人は、そこで佐太郎が出て来るのを待っていたのである。

孫八がこの場に来て、小半刻（三十分）以上経つ。すでに、辺りは夜陰につつまれていた。ただ、皓々たる月夜で、提灯の明りはなくとも路地木戸から人が出てくれば、識別することはできた。

「騒ぎが大きくなるぞ」

長屋の住人はまだ起きていた。佐太郎の家に押し入って戦えば、大騒ぎになるだろう。

「もうすこし待とう」

孫八が、佐太郎が出て来なければ、せめて長屋が寝静まるまで待とう、と言い足した。

孫八と清次はこれまでも佐太郎を見張り、陽が沈むと佐太郎が近くの一膳めし屋に酒を飲みに行くことを知っていた。それで、この場にひそんで佐太郎が出てくるのを待っていたのである。

「だれか、来やす！」

そのとき、清次が声を殺して言った。

見ると、黒半纏に股引姿の男が路地木戸から出てきた。佐太郎である。

その姿を見た清次が、思わず樹陰から通りへ出ようとした。

「焦るな、もうすこし近付いてからだ」

そう言って、朴念が清次を制した。

佐太郎は路地木戸を出ると、孫八たちがひそんでいる樹陰の方へ近付いてきた。

「孫八、やつの後ろへまわってくれ」

朴念が、右腕に手甲鈎を嵌《は》めながら小声で言った。

角頭巾をかぶっていないので、大きな頭がてかてかひかっている。朴念は、へらへらと笑っていた。いつものように腑抜けたような笑いである。ただ、目は笑っていなかった。細い目が切っ先のようなひかりを宿している。これが、殺しにかかるときの朴念の顔である。

佐太郎が近付いてきた。

ふいに、朴念が樹陰から飛び出した。巨軀にしては敏捷な動きである。つづいて、孫八が佐太郎の背後へ疾走した。すこし遅れて、清次が孫八につづいた。

「おめえは殺し人！」

叫びざま、佐太郎が飛びすさった。素早い身のこなしである。そして、帯の後ろに挟んであった鳶口を手にした。

「こんなこともあろうかと、持ってきたのよ」

佐太郎は右手に鳶口を持ち、腰を低くして身構えた。

そのとき、佐太郎は背後にまわり込んだ孫八と清次に気付き、

「三人がかりじゃァねえと、おれを殺れねえのかい」

と、揶揄《やゆ》するように言った。

「おれたちは、おめえたちのように取り逃がすようなへまはしねえのよ」

朴念は手甲鈎を顔の前に構えて間合をつめ始めた。

「ちくしょう、こうなったら、三人ともその頭をぶち割ってやらァ」

佐太郎は吠え声を上げ、朴念に対峙して鳶口を構えた。

黒ずくめの格好で、鳶口を構えた佐太郎の顔は不気味だった。面長で顎がとがり、黒ずんだうすい唇をしている。底びかりのする双眸が、獲物を狙う夜禽のように朴念を見つめていた。

佐太郎は身をかがめ、猫が鼠《ねずみ》に近付くような忍び足で間をつめてくる。

佐太郎は一間半ほどに接近して足をとめた。踏み込んで鳶口をふるえば、とどく間である。

フッ、と佐太郎の体が沈んだ。

刹那、佐太郎の体が空に飛んだ。飛んだと感じるほど、高く跳躍したのである。朴念の目に黒い巨鳥が飛んだように見えた次の瞬間、佐太郎の鳶口が朴念の頭に振り下ろされた。まさに、猛禽の嘴《くちばし》のような攻撃である。

咄嗟に、朴念は体をひねりざま右手の手甲鈎で払った。

鳶口が朴念の二の腕の肌を裂き、朴念のふるった手甲鈎が鳶口の柄を強打した。その拍子に、鳶口が佐太郎の手から離れて虚空に飛んだ。

佐太郎が着地し、さらに脇へ跳ぼうとしたところへ、朴念が踏み込んで手甲鈎を横に払った。

佐太郎の半纏が裂け、露出した胸板に四筋の血の線がはしった。皮肉が引き裂かれ、佐太郎の胸が真っ赤に染まった。

「オオッ！」

吠え声を上げ、朴念はさらに佐太郎に襲いかかった。

朴念のふるった手甲鈎が、苦悶に顔をゆがめた佐太郎の頭部を一撃した。

佐太郎の側頭部に手甲鈎の爪が刺さり、肉を抉った。一瞬、佐太郎の顔がつぶれたようにゆがみ、鬢を付けた肉が削げ落ちた。

血飛沫が噴き、朴念の顔に飛び散った。

佐太郎は凄まじい絶叫を上げ、狂ったように身をよじった。血を撒き散らしながら、よろめき、爪先を何かにひっかけて前につんのめった。

佐太郎はその場から逃れようとして地面を這ったが、顎からつっ込むように倒れ伏して腹這いになった。なおも呻き声を上げて芋虫のように身をよじっていたが、やがて四肢が痙攣するだけになり、呻き声も聞こえなくなった。

「お陀仏《だぶつ》だぜ」

朴念が、へらへら笑いながら言った。坊主頭と大きな丸顔が、返り血を浴びて斑《まだら》に染まっている。小鼻の張った大きな鼻が顔の真ん中に居座り、細い目がうすくひかっていた。なんとも奇妙で不気味な顔である。

第六章　黒幕

1

腰高障子の向こうで足音がした。戸口に近付いてくるようである。流し場にいたまゆみは、洗い物をしている手をとめて、振り返った。

「片桐さま……」

そうつぶやくと、慌てて濡れた手を前掛けでぬぐい、座敷にいる平兵衛の方に視線をむけた。その顔が朱を掃いたように赤らんでいる。

足音はすぐに戸口の前まで来てとまった。腰高障子に人影が映っている。

「片桐さんのようだ。まゆみ、茶を頼むぞ」

平兵衛がまゆみに声をかけた。

今日、片桐さんが長屋に来ることになっている、と平兵衛からまゆみに話してあったのだ。

「安田さん、いますか」

右京の声がして障子があいた。

「待っていたよ。まァ、腰を下ろしてくれ」

平兵衛は一間しかない座敷に右京を上げるわけにもいかなかったので、上がり框に腰を下ろしてもらった。

右京は一言《ひとこと》流し場にいるまゆみにも時候の挨拶をしてから、腰の刀を鞘ごと抜いて腰を下ろした。

まゆみは、すぐに茶を淹《い》れた。湯を沸かし、右京が来たらすぐに淹れられるように用意してあったのだ。

「どうぞ、粗茶ですが」

まゆみは、緊張した面持ちで右京に茶を出した。

「まゆみどの、お世話をかけ申しわけござらぬ」

右京は微笑みながらまゆみに声をかけた。さわやかな物言いである。

「い、いえ、父も片桐さまがお見えになるのを楽しみにしてました」

まゆみは消え入るような声で言った。

茶を出すと、まゆみは平兵衛の後ろに下がり、端座して右京の背に目をむけた。その目がかがやいている。慕っている右京と、言葉を交わしたことが嬉しかったのかもしれない。

平兵衛と右京は、茶を飲みながらいっとき刀の話をした後、

「では、出かけますか」

と、平兵衛が言って立ち上がった。

今日、ふたりは日本橋にある刀屋、永山堂《えいさんどう》に刀を見に行く、とまゆみには話してあった。ただ、永山堂に行くというのは嘘だった。まゆみに心配させないため、そういうことにしたのである。平兵衛は、まれに永山堂から刀の研ぎを頼まれることがあり、まゆみも永山堂の名は知っていたのだ。

「まゆみどの、父上をお借りします」

右京がすずしい顔で言った。

まゆみは、はい、と言って立ち上がり、男ふたりを送って戸口まで出た。

「すこし、遅くなるかもしれん。先に夕餉をすませて、雨戸をしめていいぞ」

平兵衛は、心張り棒を忘れるな、といつもの言葉を言い添えて、右京と連れだって外へ出た。

陽は西の空にまわって、夕陽が長屋の路地へ差し込んでいた。長屋はひっそりとし

ていた。まだ、働きに出ている男たちが帰っていないからであろう。

路地木戸から表通りに出たところで、

「松代屋に、馬道の利兵衛はいるのだな」

平兵衛が歩きながら低い声で訊いた。長屋にいたときと、顔が豹変していた。顔がひきしまり、眼光がするどかった。

「いるようです」

右京が答えた。

平兵衛たちが相模と佐太郎を斃《たお》した二日後だった。今夜、島蔵を元締めとする極楽屋の殺し人が夜陰に乗じて松代屋に押し入り、馬道の利兵衛以下伊代吉たち配下を皆殺しにすることになっていたのだ。

平兵衛たちが相模たちを斃したその夜から、孫八、清次、嘉吉の三人が、交替で松代屋を見張っていた。相模と佐太郎が斬殺されたことを知った利兵衛たちが、すぐにも逃走するのではないかと思われたからである。松代屋を捨てて逃げ出せば、その途中を襲って始末するつもりだったのだが、利兵衛たちは松代屋から出なかった。利兵衛たちは、逃走途中を狙《ねら》われると予想したのかもしれない。

「逃げねえなら、こっちから踏み込んで始末をつけよう」

島蔵が決断し、今夜押し入ることになったのである。

「いまも、松代屋を見張っているのだな」

平兵衛が念を押すように訊いた。

「そのようです。安田さんの家へ立ち寄る前に、極楽屋へ行ってきたんですがね。松代屋には、利兵衛、伊代吉、それに四人の手下がいるようですよ」

「商売をつづけているのか」

「ええ、ふだんと変わりなく、店はひらいているようです」

「そうか」

利兵衛は、殺し人たちが店にまで侵入することはないとみているのか、あるいは何か秘めた戦力を有しているのか、いずれにしろ、今夜決着がつくであろう。

ふたりは日本橋へ出ると、手頃なそば屋を見つけて入った。まだ、早かったので腹ごしらえをしておこうと思ったのである。

そば屋を出ると、町筋は濃い暮色につつまれていた。通り沿いの表店は店仕舞いし、行き交う人の姿はまばらだった。

八丁堀を過ぎ、八丁堀川にかかる稲荷橋のそばまで行くと、橋のたもとに立っている人影が見えた。孫八だった。

孫八は貧乏徳利をぶら下げていた。平兵衛のために酒を用意してくれたようだ。

「お待ちしてやした」

孫八が歩を寄せて言った。

「元締めたちは？」

平兵衛が訊いた。

「鉄砲洲の稲荷で待っておりやす」

孫八によると、島蔵、朴念のふたりはいっとき前に来て、鉄砲洲稲荷の境内《けいだい》で待っているという。

「松代屋は」

「清次と嘉吉のふたりが見張っておりやす。いつもと変わらず、店をひらいているようですぜ」

「となると、客が帰ってからということになるな」

下手をすると、子《ね》ノ刻（午前零時）ちかくになるかもしれない。ただ、今夜は月夜だったので、夜が更けても戦うことはできそうだ。

「わしたちも稲荷に行こう」

平兵衛が歩きだした。

2

鉄砲洲稲荷は八丁堀川の河口にあり、裏手は江戸湊に接していた。海岸沿いだが、境内をかこうように松や柳などの杜《もり》があり、夜になるとひっそりとして人影は見られなくなる。

その境内の松の樹陰に、四人の男がいた。島蔵、平兵衛、右京、それに朴念である。

「まだか」

朴念が苛立ったように言った。

松代屋を孫八、清次、嘉吉の三人が見張り、店から客が出て、暖簾を下げたら知らせに来ることになっていたが、まだ姿を見せない。

すでに、四ツ（午後十時）を過ぎていた。辺りは夜の帳《とばり》につつまれ、聞こえてくるのは、稲荷の裏手に寄せる江戸湊の波の音ばかりである。

「もう、半刻（一時間）はかかるだろうよ」

島蔵がギョロリとした目で言った。

島蔵も元は殺し人で匕首を巧みに遣うが、今夜は平兵衛たち四人の殺し人にまかせることになっていた。相模と佐太郎を始末していたので、たいした戦力ではないと踏んでいたのである。

「板戸をしめられると厄介だな」

平兵衛が言った。

板戸をしめ、店のなかに立て籠《こ》もられると、戸をぶち破って押し入らねばならなくなる。

「なに、店をしめても片付けが残っている。裏口からは、入れるだろうよ」

島蔵がそう言うと、

「板戸など、おれがぶち割ってやりやすよ」

朴念が口元にうす笑いを浮かべて言った。

朴念の遣う手甲鈎なら、板戸を破るほどの威力がありそうである。

それから半刻以上過ぎ、ふたたび朴念が苛立った声を上げたとき、鳥居の方から走り寄る足音が聞こえた。清次である。

「親分、客が残らず店を出やした」

清次が上ずった声で知らせた。清次によると、客を上げる二階座敷の灯が落ちたという。

「よし、行くぞ」

島蔵が立ち上がり、平兵衛たち三人がつづいた。

平兵衛は歩きながら、孫八から渡された貧乏徳利の酒を飲んだ。あまり手は震えていなかった。相模のような強敵がいないので、それほど気が昂っていないのである。

「安田の旦那、おれにも一杯飲ませてくだせえ」

朴念が口元にうす笑いを浮かべて言った。

平兵衛が殺しにかかる前、酒を飲んで心を落ち着けることは朴念も知っていた。強敵はいないという余裕か、それとも自分も試してみようというのか、朴念も酒を飲む気になったようである。

「かまわんが、酔わぬようにな」

平兵衛は他の者が酒に酔えば、戦いの勘と一瞬の反応をかえってにぶくすることを知っていた。

「分かっていやす」

朴念も、多くの修羅場をくぐってきた男である。酔いが戦いに支障をきたすことは知っているのだ。

平兵衛から貧乏徳利を受け取った朴念は一口飲み、後は口に含んで、取り出した手甲鉤に吹きかけ、手ぬぐいを出して丁寧に酒を拭きとった。

「ヘッヘヘ……。おれの可愛い連れ合いにも飲ませてやりやした」

そう言って、朴念は徳利を平兵衛に返した。

鉄砲洲稲荷から松代屋までは、数町しかない。平兵衛たちはすぐに店の前に着いた。斜向かいの表店の軒下闇にいた孫八と嘉吉が、平兵衛たちの姿を見て走り寄ってきた。

「いま、暖簾をしまったところですぜ」

孫八が小声で言った。

見ると、松代屋は夜陰のなかに沈んだように黒いたたずまいを見せていたが、戸口の脇からかすかに明りが洩れていた。帳場かもしれない。

「利兵衛たちはいるな」

島蔵が訊いた。

「へい、下働きの年寄りと通いの女中が帰《けえ》っただけで」

「行きやしょう」

朴念が低い声で言った。すでに、右腕に手甲鉤を嵌めている。

松代屋の戸口の格子戸はしまっていた。心張り棒がかってあるらしく、引いてもあかなかった。

「裏手に、何人かいるようですぜ」

店の脇にまわった孫八が小声で言った。

「孫八、嘉吉、ふたりでここをかためてくれ。様子を見てなかからあける」

島蔵が指示した。表からの逃走を防ぐためである。嘉吉は戦力にはならないが、連絡役は務まる。

「承知しやした」

孫八が目をひからせてうなずいた。

その場に孫八と嘉吉を残し、島蔵たちは裏手へまわった。

格子窓から明りが洩れ、水を使う音と男の話し声が聞こえた。台所のようだ。包丁人が、後片付けをしているらしい。

背後で波の音が聞こえた。江戸湊が近いのだろう。

裏口の引き戸もしまっていた。

朴念が足音を忍ばせて裏口に近付き、引き戸に手をかけた。

すぐに戸はあいたが、聞こえていた男の話し声がやんだ。裏口の戸があいたのに気付いたらしい。

朴念が戸の間から巨体をすべり込ませ、平兵衛たちがつづいた。

台所には行灯の灯があり、ふたりの男がいた。流し場にひとり、食器棚のそばにひとり、ふたりとも片襷《かただすき》をしていた。包丁人として働いている利兵衛の手下であろう。

3

「だれだ、てめえたちは！」

食器棚のそばにいた三十がらみの男が甲走った声で叫んだ。

もうひとり、流し場にいた小柄な男は顔をこわばらせ、そばにあった包丁を手にして身構えた。

ふいに、朴念が食器棚の方に走った。黒い巨熊を思わせるような迫力がある。ほぼ同時に、右京が抜刀して流し場に駆け寄った。

「殺し人だ！」

三十がらみの男が叫びながら、表につづく廊下の方へ逃げようとした。

「逃がすか」

朴念は男の背後に追いすがり、手甲鈎の嵌まった右手を横に振った。

ごん、というにぶい骨音がし、男の首が横にかしいだ。手甲鈎のまがった爪の背の部分で側頭部を殴りつけたのだ。凄まじい強打である。男は横によろけ、肩先を食器棚にぶち当てた。瀬戸物のくずれ落ちる激しい音とともに男はその場に倒れ、床に横たわって動かなくなった。頭蓋が陥没していた。即死かもしれない。

一方、右京は腰を低くして八相に構え、小柄な男に身を寄せていた。八相に構えたのは、斬撃のおりに切っ先が柱や流し場などに触れないためである。

「ちくしょう！」

叫びざま、小柄な男が手にした包丁を右京の腹めがけて突き出した。

右京は、スッと体を脇に寄せて包丁をかわし、八相から袈裟に斬り下ろした。切っ先が男の首をとらえた。

首根から血が奔騰した。血飛沫《しぶき》を散らしながら男は前に泳ぎ、竈《へっつい》の角に膝をひっかけて前に転倒した。男は低い呻き声を上げ、土間を這って逃れようとしたが、すぐにつっ伏して動かなくなった。激しい出血で、意識を失ったらしい。

「帳場だ！　利兵衛たちは帳場にいる」

島蔵が叫んだ。

平兵衛たちは廊下を走った。帳場は戸口近くにあった。明りが廊下に洩れている。そこから男の怒声が聞こえた。平兵衛たちの侵入に気付いたのであろう。

帳場と廊下をへだてた向かいは客用の座敷になっているらしく、障子がたててあった。そこはひっそりして、人のいる気配はなかった。

先頭の平兵衛が帳場の前まで来たとき、ふいに帳場の障子があいて、男が飛び出してきた。まだ若い色白の男だった。利兵衛の手下のひとりであろう。長脇差を手にし、血走った目をしていた。

「ここにも、来やがった！」

声を上げ、男はいきなり斬りかかってきた。

すでに平兵衛も抜刀していたので、背後に身を引いて男のふるった切っ先をかわすと、上体を前に倒して踏み込み、男の胸を突いた。刀を振りまわすだけの空間がないと読んでの突きである。

男は絶叫を上げてのけぞった。平兵衛の刺した刀身の切っ先が背から抜けている。一瞬、平兵衛は動きをとめたが、次の瞬間、背後に身を引きざま刀身を引き抜いた。

男の胸から血が走った。

走った、と見えるほどの勢いで血が赤い帯のようになって噴出したのである。男の心ノ臓を突き刺したにちがいない。

噴出した血は向かいの座敷の障子に飛び散り、小桶《こおけ》で水をまいたような音をたてた。見る間に真っ赤に染まっていく。

男は獣の吼《ほ》えるような呻き声を上げ、前によろめいた。体を支えようとして前につきだした手を障子にかけたが、立っていられず、バリバリと障子を破りながらくずれるように倒れた。男の胸から噴出した血が廊下の床板を打つ音がしたが、その場にうずくまったまま動かなかった。

遅れて駆け付けた朴念が、帳場の障子をあけ放った。朴念につづいて、平兵衛、右京、島蔵が座敷に踏み込んだ。

行灯の灯に、四人の人影が浮かび上がっていた。男が三人、女がひとりである。

帳場にしてはひろかった。帳場と主人の居間を兼ねた座敷らしい。畳敷きの間で、正面に長火鉢があり、その背後に神棚がしつらえてあった。

その長火鉢のむこうに大柄な男が座っていた。歳は五十がらみであろうか。眉の太い、眼光のするどい男である。格子縞の着物に絽羽織、手に長い煙管《キセル》を持っていた。親分らしい貫禄と凄味があった。座敷に入ってきた平兵衛たちを睨むように見すえている。

——馬道の利兵衛だ！

平兵衛は直感した。

その男の脇に、色白の年増がいた。襟元から赤い襦袢が覗いている。豊艶《ほうえん》な美女だった。女将のお篠であろう。

女の顔はこわばっていた。踏み込んできた平兵衛たちに怯えたような目をむけている。

他に男がふたりいた。戸口近くの帳場格子の前に立っている小柄な男が伊代吉だった。伊代吉の脇に、長身の男がいた。歳は四十代半ばであろう。髭が濃く、鼻梁の高い男だった。長脇差をひっ提げ、血走った目で平兵衛たちを睨みつけていた。利兵衛の手下のひとりであろう。

「極楽屋の島蔵かい」

利兵衛と思われる男が訊いた。ドスの利いた声である。

「そうだ。おめえが、馬道の利兵衛だな」

島蔵が言った。

「こうなったら、隠してもしょうがねえな。おれが馬道の利兵衛だよ」

利兵衛は妙に落ち着いていた。口元にうす笑いが浮いている。まだ、長火鉢を前にして、どっかりと座ったままである。よほど腹の据わった男なのか、それとも何か奥の手を用意しているのか。窮地に追い込まれているはずなのに、利兵衛には取り乱した様子がなかった。

「馬道の、江戸に戻ってきたのはなぜだい」

ほとぼりが冷めたからだろうが、それだけではないような気がした。

「むかしの馬道の利兵衛にもどろうと思ってな」

「それで、極楽屋の殺し人たちを狙ったのは」

さらに、島蔵が訊いた。

利兵衛が、正面切って自分の束《たば》ねる殺し人たちに挑んできたことに疑念を持っていたのだ。

「馬道の利兵衛にもどるには、殺しの仕事はおれだけのものにしねえとな。それに、おれには殺し人の相模と佐太郎がいたからな。もっともふたりの腕を信じたおれがあまかったわけだ」

利兵衛は前に立った島蔵や平兵衛を見すえて言った。

「高くついたってわけだな」

「まァ、そういうことだ。……なァ、島蔵、おれと手を打たねえか。金輪際おめえが束ねている殺し人に手は出さねえし、割りのいい仕事をおめえのところへ持っていくぜ」

利兵衛は商談でも持ちかけるような物言いをした。

「遅かったな。おれは、おめえたちの殺しを引き受けちまったのよ。一度受けた仕事は断れねえんでな」

島蔵が牛のように大きな目を剝いて言った。

「それじゃァやるしか、ねえなァ」

利兵衛は手にした煙管を猫板の上に置いて、ふところに手をつっ込んで何やら取り出した。

4

短筒だった。驚いたことに、帳場格子の前に立っていた伊代吉も持っていた。ふたりの顔にうす笑いが浮いている。

——これか！

これが利兵衛の奥の手だったのである。おそらく、利兵衛が大坂にいるとき、長崎辺りで密貿易を行なっていた者が短筒を大坂に持ち込み、それを買い求めたのであろう。

利兵衛は、島蔵の胸に短筒の狙いをつけたままゆっくりと立ち上がった。

「利兵衛、短筒を置け、引き金を引いても斃せるのはふたりだ。おれたちは四人、勝ち目はあるまい」

右京が言った。静かな物言いである。切羽詰まった状況のなかでも、昂った雰囲気はなかった。

「そうかな。おれたちが狙っているのは、島蔵ひとりだ。斬るなら、斬ってみろ。島蔵を道連れにして、あの世へ行くまでだ」

利兵衛は動じなかった。

仕掛けてくれれば、元締めである島蔵を殺すと言っているのだ。島蔵を人質にして、この場から逃げる算段にちがいない。利兵衛は前から島蔵たちが押し込んできたら、こうした状況になることを読んでいたのであろう。

「動くなよ。動けば、引き金を引くぜ」

利兵衛は短筒を構えたまま長火鉢の脇へ出ると、ゆっくりとした足取りで島蔵に近付いた。

さすがに、江戸の裏社会を牛耳っていた男である。土壇場になっても、どっしりと落ち着いていた。

——手も足も出ぬ。

と、平兵衛は思った。

短筒が一挺なら、何とかなる。背後から走り寄って斬りつければ、反転して狙いを定める前に斬撃をあびせることもできないことはない。だが、二挺となると、同時に背後から仕掛けることはできず、島蔵が銃弾をあびることになろう。

「利兵衛、汚えぞ」

島蔵が憤怒に顔を赭黒く染めて言った。

「何を言ってやがる、大勢で他人《ひと》の家に押し込んでおきゃァがって。汚えのはてめえたちの方だろうが」

利兵衛は短筒の先を島蔵の胸にむけると、

「さァ、表まで案内してもらおうか」

と、語気を強めて言った。

伊代吉が利兵衛の脇につき、ふたりの背後にお篠と手下がついた。島蔵は苦虫を嚙み潰したような顔をして、ゆっくりとした足取りで廊下へ出た。

平兵衛、右京、朴念、清次の四人は、利兵衛たちを取り巻くように立っていたが、その場を動けなかった。

利兵衛たちが廊下に出て、すこし離れてから平兵衛たち四人が帳場を出てつづいた。手の出しようがなかった。島蔵を見捨てれば、利兵衛たちを斃せるが、さすがにそこまでは踏ん切れない。

利兵衛は島蔵を前に歩かせて、土間へ下りた。伊代吉は利兵衛の脇から短筒を島蔵の背にむけている。ふたりの後をお篠と手下がつづく。

そのとき、朴念が平兵衛に目配せした後、格子戸に目をやった。仕掛けよう、という合図である。

――元締めが、格子戸を出たときだな。

平兵衛は察知した。

仕掛ける機会は一瞬だった。しかも、危険である。前を歩く島蔵が格子戸から出たとき、利兵衛と伊代吉の体が前後に重なり、島蔵にむけられている短筒は利兵衛のそれだけになるはずだった。

「貸せ」

平兵衛は小声で言って、清次の手にした匕首をつかんだ。機会を見て、利兵衛に投げつけようと思ったのである。

格子戸の前まで来ると、利兵衛が島蔵の脇から左手を伸ばし、戸を二尺ほどあけて、

「外へ出ろ」

と、指示した。

島蔵がゆっくりとした足取りで、敷居をまたいだ。

戸外に出た島蔵の姿が夜陰につつまれた瞬間、平兵衛が手にした匕首を投げた。同時に、平兵衛は左手に持っていた来国光を八相に構え、前に疾走した。虎の爪の迅速な寄り身である。

平兵衛が動くのを見た朴念も、前に走った。手甲鈎の嵌まった右腕を額に当てて盾にし、前にかがむような格好で伊代吉に迫った。

投げた匕首は利兵衛の脇腹へ当たった。刺さりはしなかったが、利兵衛は体を反らせながら平兵衛の方に顔をむけた。

と、島蔵が頭を低くしながら脇へ跳ぶのが見えた。咄嗟に、背後からの銃撃を避けようとしたらしい。

ダーン、と銃声がひびいた。

利兵衛が接近する平兵衛に銃口をむけて撃ったのだ。

玉は平兵衛の肩口をかすめて流れた。体をひねりながら引き金を引いたため、狙いが定まらなかったようだ。

そのとき、平兵衛は斬撃の間合に踏み込み、虎の爪の必殺剣をふるっていた。

なおも利兵衛は平兵衛を撃とうとして銃口をむけなおそうとしたが、間にあわなかった。平兵衛の斬撃が、利兵衛の肩口をとらえていたのだ。

グワッ、と喉のつまったような呻き声を上げ、利兵衛がのけぞった。

渾身《こんしん》の一刀だった。刀身は利兵衛の肩口から入り、脇腹へ抜けた。

利兵衛の肩から胸にかけてザックリと裂け、ひらいた傷口から血が迸《ほとばし》り出た。利兵衛は、数歩よろめいたが、腰からくずれるように転倒した。

土間へ倒れた利兵衛は、低い呻き声を上げながら身をよじるように四肢を動かした。傷口から流れ出た血が見る間に土間にひろがっていく。

一方、伊代吉も突進してくる朴念にむかって引き金を引いていた。

玉は朴念の左の肩先の肉をえぐって、後ろへ飛んだ。

ウオオッ！

朴念は吼え声を上げ、伊代吉の眼前に迫るや否や、手甲鈎をふるった。凄まじい一撃だった。四本の鉄の爪が、伊代吉の側頭部にめり込み、鬢《びん》ごと肉をえぐり取った。その一瞬、伊代吉の顔がゆがんだように見えたが、側頭部が割れた西瓜《すいか》のようになり、目鼻も判別できなくなった。

伊代吉はその場に腰からくずれるように倒れた。悲鳴も呻き声も聞こえなかった。割れた頭から血の滴り落ちる音が聞こえるだけである。

右京は、平兵衛と朴念が利兵衛と伊代吉に走るのを見て、伊代吉の背後にいた手下に迫った。

手下は右京の姿を見て匕首を構えたが、恐怖と興奮で切っ先が震えていた。右京は斬撃の間合に踏み込むと、ふいに青眼から刀身を引いて脇構えに取った。手下に攻撃させるための誘いである。

眼前にむけられていた刀身が消えた瞬間、手下は引き込まれるように手にした匕首を突き出した。

右京は半身になって匕首の刺撃をかわしざま、抜き胴に手下の胴を斬った。一瞬の流れるような体捌きである。

ドスッ、というにぶい音がし、手下の腹部が横に裂けた。手下は呻き声を上げ、左手で腹を押さえてうずくまった。押さえた指の間から、臓腑が覗いている。

「とどめを刺してくれよう」

右京はうずくまった手下の背後に近寄り、背から心ノ臓へ刀身を突き刺した。

刀身を引き抜くと、右京はお篠の方に目をむけた。

お篠は恐怖に襲われ凍りついたように身を硬くして立っていたが、右京と目が合うと、喉の裂けるような悲鳴を上げて背をむけた。逃げようとしたらしい。

突如、右京の手にした刀が一閃した。

ちいさな骨音がしてお篠の首が横にかしぎ、首根から血が驟雨《しゅうう》のように噴出した。お篠は血を撒きながらよたよたと歩いて膝を折り、前につっ伏した。そのまま動かない。絶命したようである。

高揚したのか、右京の白皙がかすかに朱に染まり、細い唇に赤みがさしていた。それでも、右京は無言のまま倒れたお篠の袖口で刀身の血をぬぐうと、何事もなかったように納刀した。

平兵衛は利兵衛を斃した後、朴念の左の肩先が血に染まっているのを見ると、急いで走り寄った。

「朴念、やられたのか」

朴念の着物の肩先が破れ、二の腕ちかくまで血に染まっていた。

「ヘッヘヘ……。かすり傷でさァ」

朴念はいつものようにへらへらと笑っている。返り血を浴びて、入道のような顔が赭黒い斑《まだら》になっていた。目だけが白くひかっている。

朴念は、ほれ、このとおり、と言って、左腕を動かして見せた。

「命に別状はないようだな」

それほどの深手ではないらしい。左腕も自在に動くようだ。

平兵衛と朴念が立っているそばに、島蔵、孫八、嘉吉が近寄ってきた。それぞれの顔に安堵の表情があった。

島蔵は朴念が傷を負っているのに気付くと、おれに見せてみろ、と言って近付き、傷口を見ていたが、

「傷口が膿《う》むと厄介だ。おれが手当してやろう」

そう言って、嘉吉に台所から酒を持ってこさせて傷口をていねいに洗い、手ぬぐいで縛った。朴念はうす笑いを浮かべながら、島蔵のなすがままに手当を受けていた。

島蔵は経験から下手な町医者よりも外傷の手当に長けていたのである。

「死骸《おろく》は、どうしやすか」

手当が終わったところで、孫八が訊いた。

「押し込みが入ったように見せかければいいだろう」

島蔵の指図で平兵衛たち五人が動き、死体の位置を動かしたり、帳場に金品を物色した様子を残したりして、多勢の盗賊が押し入ったように偽装した。

「始末がついたようだな」

島蔵が土間と廊下に転がっている死体に目をやりながら言った。

「やはり、頭目は馬道の利兵衛だったな」

平兵衛が利兵衛の死体に目をむけて言った。大柄な利兵衛がどす黒い血海のなかにつっ伏していた。

番頭として陰に隠れていた利兵衛が、闇の巨魁だったのである。

「おれも危ないところだったよ。まだ、利兵衛などといっしょに地獄に行きたくはねえからな」

島蔵はそう言って土間から外へ出ると、つづいて出てきた平兵衛たちに、

「おい、みんな、極楽で一杯やろう」

と、声をかけた。極楽屋へ帰って、地獄に行かずに済んだ祝杯を上げようというの

であろう。

見ると、東の空がかすかに明らんでいた。ちょうど、極楽屋のある方向である。

切り取り線

一〇〇字書評

巨魁

購買動機（新聞、雑誌名を記入するか、あるいは○をつけてください）	
□（　　　　　　　　）の広告を見て	
□（　　　　　　　　）の書評を見て	
□ 知人のすすめで	□ タイトルに惹かれて
□ カバーがよかったから	□ 内容が面白そうだから
□ 好きな作家だから	□ 好きな分野の本だから

●最近、最も感銘を受けた作品名をお書きください

●あなたのお好きな作家名をお書きください

●その他、ご要望がありましたらお書きください

住所	〒				
氏名		職業		年齢	
Eメール	※携帯には配信できません	新刊情報等のメール配信を希望する・しない			

あなたにお願い

この本の感想を、編集部までお寄せいただけたらありがたく存じます。今後の企画の参考にさせていただきます。Eメールでも結構です。

いただいた「一〇〇字書評」は、新聞・雑誌等に紹介させていただくことがあります。その場合はお礼として特製図書カードを差し上げます。

前ページの原稿用紙に書評をお書きの上、切り取り、左記までお送り下さい。宛先の住所は不要です。

なお、ご記入いただいたお名前、ご住所等は、書評紹介の事前了解、謝礼のお届けのためだけに利用し、そのほかの目的のために利用することはありません。またそのデータを六カ月を超えて保管することもありませんので、ご安心ください。

〒一〇一－八七〇一
祥伝社文庫編集長　加藤　淳
☎〇三（三二六五）二〇八〇
bunko@shodensha.co.jp

祥伝社文庫

上質のエンターテインメントを！　珠玉のエスプリを！

祥伝社文庫は創刊15周年を迎える2000年を機に、ここに新たな宣言をいたします。いつの世にも変わらない価値観、つまり「豊かな心」「深い知恵」「大きな楽しみ」に満ちた作品を厳選し、次代を拓く書下ろし作品を大胆に起用し、読者の皆様の心に響く文庫を目指します。どうぞご意見、ご希望を編集部までお寄せくださるよう、お願いいたします。

2000年1月1日　　祥伝社文庫編集部

巨魁《きよかい》　闇《やみ》の用心棒《ようじんぼう》　長編時代小説

平成19年10月20日　初版第1刷発行

著者　鳥《と》羽《ば》亮《りよう》
発行者　深澤健一
発行所　祥《しよう》伝《でん》社《しや》
東京都千代田区神田神保町3-6-5
九段尚学ビル　〒101-8701
☎03（3265）2081（販売部）
☎03（3265）2080（編集部）
☎03（3265）3622（業務部）
印刷所　萩原印刷
製本所　積信堂

ISBN978-4-396-33386-7　C0193

祥伝社のホームページ・http://www.shodensha.co.jp/

祥伝社文庫

鳥羽　亮　妖剣おぼろ返し　介錯人・野晒《のざらし》唐十郎

かつての門弟の御家騒動に巻き込まれた唐十郎。敵方の居合い最強の武者・市子畝三郎の妖剣が迫る！

鳥羽　亮　鬼哭《きこく》霞飛燕《かすみひえん》　介錯人・野晒唐十郎

敵もまた鬼哭の剣。十年前、許嫁を失った苦い思いを秘め、唐十郎は鬼哭を超える秘剣開眼に命をかける！

鳥羽　亮　闇の用心棒

老齢のため一度は闇の稼業から足を洗った安田平兵衛。武者震いを酒で抑え、再び修羅へと向かった！

鳥羽　亮　怨刀《おんとう》鬼切丸《おにきりまる》　介錯人・野晒唐十郎

唐十郎の叔父が斬られ、将軍への献上刀・鬼切丸が奪われた。刀を追う仲間が次々と刺客の手に落ち…

鳥羽　亮　さむらい　青雲の剣

極貧生活の母子三人、東軍流剣術研《とうぐんりゅうけんじゅつけん》鑽《さん》の日々の秋月信介《あきづけしんすけ》。待っていたのは父を死に追いやった藩の政争の再燃。

鳥羽　亮　地獄宿　闇の用心棒

極楽屋に集う面々が次々と斃される。敵は対立する槍熊一家か？　存亡の危機に老いた刺客、平兵衛が立ち上がる。

祥伝社文庫

鳥羽 亮
悲の剣 介錯人・野晒唐十郎

尊王か佐幕か？ 揺れる大藩に蠢く謎の刺客「影蝶」。その姿なき敵の罠で唐十郎は絶体絶命の危機に陥る。

鳥羽 亮
剣鬼無情 闇の用心棒

骨までざっくりと断つ凄腕の刺客の殺しを依頼された安田平兵衛。恐るべき剣術家と宿世《すくせ》の剣を交える！

鳥羽 亮
死化粧 介錯人・野晒唐十郎

闇に浮かぶ白い貌に紅をさした口許。秘剣下段霞を遣う、異形の刺客石神喬四郎が唐十郎に立ちはだかる。

鳥羽 亮
さむらい 死恋の剣

浪人者に絡まれた武家娘を救った一刀流の待田恭四郎。対立する派の娘と知りながら、許されざる恋に……。

鳥羽 亮
剣狼 闇の用心棒

闇の殺し人片桐右京を襲った秘剣霞落とし。敗る術を見いだせず右京は窮地へ。見守る平兵衛にも危機迫る。

鳥羽 亮
必殺剣虎伏《とらぶせ》 介錯人・野晒唐十郎

切腹に臨む侍が唐十郎に投げかけた謎の言葉「虎」とは何か？ 鬼哭の剣も及ばぬ必殺剣、登場！